아득한 오늘

아늑한 오늘

초판 1쇄 인쇄일_2014년 9월 05일
초판 1쇄 발행일_2014년 9월 11일

지은이_조정희
펴낸이_최길주

펴낸곳_도서출판 BG북갤러리
등록일자_2003년 11월 5일(제318-2003-00130호)
주소_서울시 영등포구 국회대로 72길 6 아크로폴리스 406호
전화_02)761-7005(代) | 팩스_02)761-7995
홈페이지_http://www.bookgallery.co.kr
E-mail_cgjpower@hanmail.net

ⓒ 조정희, 2014

ISBN 978-89-6495-071-5 03810

*저자와 협의에 의해 인지는 생략합니다.
*잘못된 책은 바꾸어 드립니다.
*책값은 뒤표지에 있습니다.

이 도서의 국립중앙도서관 출판시도서목록(CIP)은 e-CIP홈페이지
(http://www.nl.go.kr/ecip)와 국가자료공동목록시스템(http://www.nl.go.kr/
kolisnet)에서 이용하실 수 있습니다.(CIP제어번호 : CIP2014025102)

조정희 장편소설

아득한 오늘

B|G 북갤러리

차례

1부 · 7
증도
선혜야, 약속해
증도
여훈
낙원
여훈

2부 · 71
달래
낙원
시간의 그림자
계영
야유회
따뜻한 겨울
바람이 머물던 집

산길

See you again

3부 · 201

성수

숲 속의 집

재회

여훈

4부 · 253

성수

다시 보는 숲

달래

낙원

그날

그림이 되어버린 숲

1부

증도

그를 다시 찾았던 곳은 증도 염전이었다.

무더기무더기 쌓인 흰 소금이 반사하던 빛과 소금이 밀려나간 바닥의 번쩍이는 물빛, 그리고 그 모든 것을 합친 것보다 더 뜨거웠던 천지에 가득한 햇살.

그 뜨거운 햇살의 소나기 속에 소금처럼 말라버린 계영이 서 있었다. 햇살이 말려버린 건 바닷물만이 아니었던 모양인가. 눈앞에 보이는 사람은 수십 년 동안 고된 노동에 찌든, 소금처럼 푸슬푸슬한 예순 노인이었다. 말이 되지 않는 소리인 건 알고 있다. 계영은 아직 마흔도 안 된 장년이다. 여훈이 알기로 정확히 38세. 그가 나이를 속인 게 아니라면 확실하다.

　보고도 믿을 수 없는 현실.

　여훈은 몽롱한 꿈속에 빠진 것 같은 착각을 한다.

　햇볕이 너무 뜨거워 머리가 어떻게 된 건지도 모른다. 아
님 지금 자신이 밟고 있는 이 땅이 사막처럼 신기루를 보
여주고 있는지도. 사실 땀을 많이 흘려서인지 좀 어지럽기
도 하다.

　여훈은 눈썹을 넘어 막 눈으로 흘러들고 있는 땀을 손
등으로 훔치며 눈을 깜박인다. 메마른 땅과 대기에 옅은
그림자 같은 환영이 획획 지나가긴 하지만 그건 지나친 빛
속에서 시력을 보호하기 위한 눈의 자동 반응이다.

　나는 정상이다.

　여훈은 쓰린 눈을 감았다 천천히 다시 뜬다. 눈물이 조
금 눈가로 배어나온다. 그것도 눈의 자동반응이다. 눈으로
들어간 더러운 땀을 씻어내는 작용.

　계영은 여전히 그 자리에 서 있다.

　얼굴이 축난 건 분명하지만 놀랄 정도로 살이 내린 것
같진 않다. 그리고 분명 청년의 자세다. 등은 꼿꼿하고 두
다리는 안정되게 땅을 딛고 있다. 얼굴엔 미소까지. 아니

미소를 지은 것 같은 표정이었는지 모르겠지만.

그런데 왜 그를 보는 순간 노인이 보였을까.

〈여계영 씨?〉

그 소리에 계영이 얼굴을 돌린다.

소리가 난 쪽으로. 사람을 보는 것이 아니라 그냥 소리에 반응하는 것처럼. 천천히 얼굴을 돌리기는 했지만 표정에 변화가 없다.

아직 나를 알아보지 못했구나.

여훈은 어깨 위로 든 카메라를 고쳐 잡으며 계영에게 다가간다.

〈아!〉

계영의 반응.

카메라에 대한 반응인가. 아니 카메라를 보고서야 여훈임을 깨달은 건지도 모르겠다. 하지만 그의 입에서 나온 소리에는 놀라움이든지 기쁨이든지 아님 거부라든지 하는 어떤 감정도 들어있지 않았다. 옅은 웃음이 담긴 것 같은 얼굴을 그대로 둔 채, 꼿꼿하게 세운 허리를 그대로 둔 채, 땅에 붙박인 두 다리를 그대로 둔 채, 입만 조금 벌려 '아' 소리를 냈다.

그래도 드디어 누군지는 알아먹은 모양이다.

　속리산 자락에 있는 작은 집에서 그를 본 지 거의 2년 만이었다.

　지은 지 40년이 되었다는 목조 소금 창고가 드리우는 그늘에 앉았다.

　그늘은 거기밖에 없었다. 그나마 해가 아직 정오에 가까운지라 그늘은 옹색했다. 염전에서 그늘을 바란다면 나쁜 놈인지도 모르겠지만 그래도 창고 주변엔 나무가 좀 있어주어도 괜찮지 않은가 말이지. 아무리 햇빛 덕으로 벌어먹는 곳이라 하지만 너무 한 거 아닌가. 속으로 구시렁거리며 엉덩이를 판자벽에 들이대고 앉으니 그래도 살 것 같았다.

　잠시 서 있어도 정수리가 뜨거워지고 어지럽기까지 한데 계영은 햇살 속에서나 그늘에서나 표정이 그대로다. 여훈 옆에 앉긴 했지만 판자벽에 엉덩이를 바투 들이대질 않아서 쓰고 있는 모자 챙 끝으로 햇빛이 쏟아지고 있었다.

　햇빛이 눈을 찌르는 고통이 없는 곳에서 자세히 보니 더 놀랍다.

　마른 나무 결 같은 그의 피부. 이 염천에 땀이 없다. 햇볕이 뜨거운지 그늘이 시원한지 느끼지 못하는 사람 같기도 하다. 더 마를 것도 없이 수분이 다 날아가 버린 그의 몸이 더 이상 증발의 고통을 느끼지 못하는 지도 모르겠다.

계영이 모자를 벗는다.

갇혀있던 머리가 한숨을 쉬듯 드러난다. 머리카락은 귀를 덮었다. 귀 바로 위에서 머리는 모자 자국 테두리로 동그랗게 눌려진 채다.

덥수룩하게 목덜미까지 자란 머리. 마치 독한 염색을 여러 번 한 듯 푸스스하기가 지푸라기 같다. 색깔까지도 지푸라기를 닮아있다. 염천에 자연 탈색이 되어 버린 것이겠지. 얼마나 오랫동안 이 곳에서 일을 한 것일까.

행색에 신경을 쓰지 않은 티가 역력한 그의 모습.

계영은 신체적으로 좋은 조건을 타고 난 셈이었다. 수려까지는 아니더라도 잘생겼다는 말을 들었을 얼굴이었다. 수심이 좀 있어보였지만 그래서 학자풍으로 보였던 담백한 얼굴에, 그다지 마르지도 찌지도 않은 알맞은 체격과 훤칠한 키. 야단스럽지도 구차하지도 않은 단정한 차림새. 외모를 가꾸고 멋을 부리지 않아서 그렇지 잘 꾸미면 눈길 꽤나 받았을 거라고 여훈은 생각했었다.

결이 곱던 피부와 늘 깨끗했던 손톱은 어디로 갔는가.

선혜를 바라보던 그 온돌방처럼 따스한 눈빛은…….

여훈은 울컥해진다.

〈많이 찾아다녔던 것 모르시죠?〉

울컥함을 누르려고 갑자기 말을 꺼내버려 목소리가 너무 커졌다. 사방은 귀속 소리가 들릴 정도로 조용한 마당에 국회의원 후보자 연설하는 것도 아니고. 여훈은 자신의 큰 소리에 좀 머쓱해진다. 하지만 그러거나 말거나 계영의 반응은 한결같다. 그저 잠깐 표정 없는 얼굴로 여훈을 돌아봤을 뿐이다.

짧은 순간 눈이 마주쳤다. 아니 그것도 정확하진 않다. 소리 나는 쪽으로 고개만 돌렸을 뿐 실제로는 아무것도 보지 않았는지도 모르겠다. 너무 짧은 순간이었고 계영의 이마엔 햇살이 비쳐 눈빛도 사실 보지 못했다.

계영은 곧 고개를 돌렸고 그의 눈빛이 닿는 곳에는 쨍쨍한 햇빛과 타들어가는 땅이 있을 뿐이었다.

〈잘 지내고 있습니다.〉

그가 그렇게 대답한다. 질문에 대한 답은 아니다. 시선도 마찬가지다. 여훈의 시선은 여전히 계영의 시선을 잡지 못하고 있다. 그래도 대꾸를 해주니 한결 낫다. 목소리는 여전한 것 같다. 외모에 비하면 거의 변하지 않았다. 원래 말투에 감정을 많이 싣는 편이 아니어서 그런지도 모르겠다. 표정 없는 얼굴에 감정 없는 말투. 말투만 보면 지금의 행색과 표정에 더 어울린다. 목소리가 설지 않은 이유는 그 때문인지도.

〈여기 온 지는 얼마나 됐습니까?〉

〈글쎄요. 한 달? 두 달? 날짜를 헤어보지 않아서 잘 모르겠습니다.〉

〈살던 집을 찾아가 봤더니, 비운지 오래된 것 같던데…….〉

〈아, 집…….〉

계영은 손으로 이마와 뺨을 문지른다.

얼굴만큼 거칠게 타버린 손등, 깎은 게 아니라 닳아버린 것 같은 손톱.

어쩔 수 없이 또 옛날의 그의 손을 떠올린다. 선혜를 부축하고 땀을 닦아주고 이불을 다독거리던 말끔하고 섬세했던 손. 그 손은 또 어디로 갔는가.

〈아마 그럴 겁니다.〉

뭐가 그렇다는 것인가. 집을 비운지 오래됐다는 대답인 모양이다.

그런데 도대체 누구 이야기를 하는 것인지. 남의 집, 남의 이야기를 하고 있는 투다. 그나마 대화도 거기서 끝이었다. 더 이상 대꾸도 하지 않았다. 무얼 물어도 땅에 꽂힌 시선을 하늘로 잠깐 올렸다가 다시 내리는 걸로 대답을 대신했다.

화석.

여훈은 계영을 보며 그런 생각을 한다.

조용한 남자.

말이 없어서가 아니다. 그의 몸에선 전혀 소리가 나지 않는다. 아무런 표현이 없다.

사람은 말로만 자신을 표현하는 것이 아니다. 표정으로, 손짓으로, 아니 신체의 모든 부분, 다리, 등, 어깨로도 자신의 소리를 낸다. 사람을 만나고, 취재하는 일이 많은 직업 덕분인지 여훈은 그걸 알고 있다. 그래서 사람을 지켜보는 것만으로도 상대의 내면을 어느 정도 파악할 수 있는 능력이 있다고 믿고 있다. 말을 하지 않아도 그 사람의 숨겨진 취미, 욕망, 무엇을 털어놓고 싶어 하고 무엇을 감추고 싶어 하는지도.

　그런데,

　계영에게선 아무런 소리를 듣지 못한다. 그의 생각, 욕망을 전혀 읽을 수가 없다. 그저 미미하게 와 닿는 느낌이 있을 뿐이다. 아주 깊은 곳에서 조금씩 천천히 올라오는 옹달샘같이, 느리지만 분명히 존재하는 것이기도 하다. 그 느낌을 표현하기가 아주 어렵다. 너무 둔중해서 느끼지 못하는 감각처럼 콕 찍어서 무어라고 말할 수가 없다. 그래도 확실히 존재하는 그 무엇.

　'아픔.'

　'아픔'이란 표현이 마음에 들지 않지만 그 말 외에 달리 표현할 길이 없는 게 답답하다.

　하여튼 아무런 정보도 읽어낼 수 없는 대화를 계속 이어나가는 게 힘이 들었는지, 세상 모든 게 부질없다는 듯 앉아있는 계영의 모습에 자신의 행동도 부질없게 느껴졌는지, 아님 더위에 지쳐 버렸는지, 계영의 시선이 머물러 있는 쨍쨍한 햇살로 눈길을 돌리며 여훈도 말을 삼킨다.

　말 대신 많아지는 생각.

　하지만 전혀 읽을 수 없는 계영의 생각.

생각이란 걸 하고는 있을까.

어쩌면 그는 '생각'하는 걸 버렸을지도 모른다.

생각이 많아질수록 복잡해지는 여훈의 심정.

이 남자는 언제까지 버틸까.

언제까지 이렇게 살까.

선혜를 잊고 사는 날이 오기는 할까.

생각이 흐르다 끊어진 자리.

여훈은 깜빡 잊은 게 있다는 듯 펄쩍 놀라며 갑자기 주머니를 뒤진다. 호주머니에서 찾은 것은 담뱃갑. 한 개비를 꺼내 입에 문다. 담배를 문 채로 계영 앞에다 담뱃갑을 내민다. 계영이 말없이 한 개비를 꺼낸다.

두 사람이 동시에 내뿜는 담배 연기가 햇살 속으로 타 들어가다 이내 사라진다.

선혜야, 약속해

〈선혜야, 약속해.〉

계영은 선혜의 손을 그의 두 손으로 모아잡고 침대 옆 의자에 앉아 있다. 꼭 모아진 두 손과 약간 숙어진 머리 때문에 기도하는 자세로 보인다. 하긴 얼마나 간절히 기도하는 마음이었을까.

지금 화면엔 선혜의 얼굴이 잡히지 않는다. 계영의 수그러진 몸통과 머리에 가려있다. 그러나 이제 곧 선혜의 얼굴이 보일 것이다.

여훈은 순간 비디오를 끄고 싶은 충동을 느낀다. 화면엔 곧 선혜의 모습이 나타날 것이고 그 모습을 보기가 두렵다.

20년 만에 다시 보는 화면이다.

20년이나 지났다. 그건 자신이 직접 촬영하고 편집하고 작가 역할까지 해낸 그의 다큐멘터리다. 풋풋한 시절에 했던, 상당히 평이 좋았던 작품이었다. 그 작품을 20년 만에 다시 보고 있다. 문득 보고 싶어 테이프를 찾아내고 재생 버튼을 누르고 진지하게 화면 앞에 자리를 잡고 앉았는데, 시작되는 순간 난감한 기분에 휩싸인 것이다.

〈뭐든지……, 말만 해요.〉

선혜 목소리다.

그리고 화면에 나타난 그녀의 얼굴.

머리카락은 하나도 없고, 갈라진 마른 입술에, 낯빛은, 그래 솔직히 말하자. 낯빛은 죽음의 그림자가 덮여있는 푸르스름한 누른빛이다.

그렇지만 그때, 카메라를 들이대고 촬영을 하던 그 당시에, 여훈은 내내 거짓말을 했다. '얼굴 좋아 보입니다'를 입에 달고 살았고 계영에게도 같은 거짓말을 인사처럼 했다.

날마다 했던 수없는 거짓말.

그건 정말 거짓말이었을까. 어쩌면 거짓말이 아니었을지도 모른다.

그때까지 죽어가는 사람의 다큐를 찍은 적도 없었고 죽은 사람을 직접 본 적도 없었다. 문상을 하러 갈 일은 있었지만 그가 본 것은 그저 죽은 사람의 영정이었을 뿐이다. 죽어가는 사람과 주검은 완전히 다른 것이었고, 그래서 삶은 지금까지처럼 계속될 것이란 막연한 망상에 빠져 있었던 건지도 모른다.

물론 다큐의 주인공이 폐암으로 죽어가고 있다는 걸 몰랐던 건 아니다. 아니 시한부이기 때문에 제작결정이 되었다고 해야 정확한 말이다. 여훈은 알고 있었다. 그들에 관한 정보를. 26살 젊은 나이에 죽어가는 여자와 그녀를 돌보는, 결혼을 약속한 남자.

그런데 몇 달 동안 그들의 일상을 지켜보며 함께 보내다 보니 정보는 정보일 뿐 죽는다는 게 가슴에 와 닿지 않았다. 병이 착실히 그녀의 생명을 갉아먹고 있었겠지만, 그래서 나빠지고 있었던 게 분명했겠지만, 죽음의 고비를 넘길 때마다 조금씩 나아지고 있다는 착각을 했던 지도 모른다. 아님 그런 소망이 생겼는지도. 하여튼 죽음이 덮치기 전까지 그녀는 어디까지나 살아있는 사람이었다. 살아있는 사람을 보면서 죽었을 순간을 상상하는 건 불가능했다.

죽기 이틀 전 그녀의 얼굴이다.

저 모습이 찍히고 난 이틀 후에 그녀는 세상을 떠났다. 그러니까 여훈이 찍은 그녀의 마지막 모습인 셈이다.

그녀가 숨을 거두던 날도 촬영은 했다. 정확히 말하면 죽기 직전까지 카메라를 들고 있었다. 하지만 마지막 순간은 찍지 못했다. 손에 힘이 빠져 카메라가 어깨 위에서 내려오고 렌즈를 통해서도, 실제로도 그녀를 볼 수 없었다. 선혜의 손을 잡고 부들부들 떨고 있는 계영의 손을, 초점을 잃어가는 그녀의 눈을 제대로 바라볼 수 없었다.

그럼 죽기 전 날은?

병원에 가지 못했다. 몸살로 일어날 수가 없었다고 주변엔 그렇게 말했지만 사실은 아니다. 그렇게 핑계를 댔을 뿐이다. 더 이상 찍고 싶지가 않았다. 그날은 정말 가기 싫었다. 너무 두려웠다. 가면 마지막을 촬영하게 될 것 같은 예감이 있었던 것 같다. 그 순간만은 피하고 싶었다. 그리고 모르는 사이에 일이 지나가 주기를 바라며 긴 하루를 보냈다. 그러나 밤이 될 때까지 아무런 연락이 없었다. 속절없이 밤이 지나갔고 해가 다시 떴다.

날이 밝아지자 마음이 좀 가벼워졌다. 무사히 지나간 하루가 그만큼의 희망을 쌓아놓았는지도 모르겠다. 그 기분 그대로 외출을 서둘렀다. 병원으로 가야 했다. 그게 내가 할 일이야, 라고 속으로 외치기도 하고 생각을 하지 않으려고 머리를 흔들기도 하며 세수를 하고 옷을 갈아입었다.

하지만 서둘러 도착한 병원 주차장에서 담배 한 개비를 천천히 피웠다. 꽁초를 버린 쓰레기통 옆에서 또 한참을 꾸물거리다가 병실로 향했다.

〈꼭 다시 나를 찾아 줘.〉

〈약속할게.〉

그 말이 신호이기라도 한 듯 선혜의 얼굴이 찡그려지더니 기침을 하기 시작한다. 계영이 잡고 있던 손을 풀고 의자에서 일어난다. 기침이 폭발한다. 선혜가 다급하게 입을 다문다. 그러나 입술은 곧 터질 듯이 위태하다. 꼭 다문 입술 속에 몸 안에서 올라온 무엇이 꽉 차 있는 모양이다. 계영이 침대 밑에 놓여있던 스테인리스 용기를 급히 그녀 앞에 갖다 댄다. 순간 둑이 무너진 듯 입술 사이로 터져 나오는 피. 용기를 들고 있는 계영의 손에 피가 튄다. 선혜는 한참 동안 토해내고 그보다 더 한참동안 기침을 한다.

기침이 멎은 뒤 기어이 일어나 화장실에 가서 입을 헹구고 나온 선혜가 카메라를 향해 조금 웃는다.

〈기침이 나면 체면이 없어져요.〉

그때 난 왜 아무 대꾸도 해주지 않았을까.

여훈은 화면 속의 선혜를 보며 그런 생각을 한다.

침대에 앉은 채 피를 쏟아낸 자신의 모습을 고스란히 지켜보았을 여훈이 걸렸던 모양이다.

선혜는 계영의 도움을 받으며 다시 침대에 눕는다.

그 후로 선혜의 목소리는 들을 수 없었다. 기진맥진 잠이 드는가 싶었는데 그대로 혼수상태에 빠져버렸고 이틀 후에 세상을 떠났다. 숨을 거두기 전 눈을 뜨고 계영을 이윽히 바라보기는 했지만 아무 말도 하지 못했다.

그녀가 더 이상 숨을 쉬지 않자 여훈은 대책 없이 눈물이 나서 카메라를 가슴에 안고 엉엉 울었고 계영은 한 방울의 눈물도 보이지 않았다.

여훈은 비디오를 꺼버린다.

기진맥진 잠이 드는 모습이 작품에서 보여준 선혜의 마지막 모습이다. 시청자들이 본 것은 거기까지지만 여훈은 아니다. 그녀의 임종을 지켜보게 되었고 그리고 그 곁에 남겨진 남자, 계영.

계영은 울지 않았다.

그녀가 눈을 감은 뒤에도 울지 않았고 장례식 때도 울지 않았고 병원에서 짐을 싸서 나갈 때도 울지 않았다.

* * *

계영과 선혜의 다큐멘터리, '선혜야, 약속해' 연출 후에도 많은 작품을 만들었다. 만들고 방송되고 그리고 잊었다. 연출하는 동안에는 오직 그 작품에만 빠져있어도 끝나고 나면 옛일이 되어버렸다. 곧 새로운 일이 그의 관심을 몽땅 차지했다. 바쁠 땐 바빠서 그랬다 할 수 있지만 쉬는 동안에도 지나간 작품을 되씹게 되지는 않았다. 성격인 모양이었다.

그런데 계영은 아니었다. 잊어버릴 만하면 불쑥 찾아오는 외판원처럼 여훈의 기억의 문을 두드렸다.

'선혜야, 약속해'가 방영된 뒤 꽤 많은 전화를 받았다.

그 후 계영이 어떻게 살고 있느냐는 질문과 관심.

사람은 특정한 것에서 특정한 느낌을 감지하는 비슷한 능력이 있나 보았다. 계영에게 받은 느낌이 그랬던 모양인지, 죽은 사람보다 산 사람이 더 안타까운, 차라리 죽은 자가 편해 보이는.

시청자들의 반응 때문만은 분명 아니었다. 여훈의 가슴에도 깊은 여운이 있었다. 그래서 선혜가 죽고 난 뒤, 몇 달이 지나서 다시 계영을 찾았다. 장례를 치른 뒤 6개월은 넘지 않았을 때라고 기억한다.

주소를 알아 낸 뒤, 찾는 건 어렵지 않았다.

계영은 그가 했던 말대로 선혜와 같이 지냈던 속리산 그 집에 살고 있었다.

그는 예사로운 모습으로 웃으면서 여훈을 맞이했다.

여훈은 분신처럼 카메라는 메고 갔지만 촬영은 하지 않았다.

〈어떻게 지내셨어요?〉

〈보시다시피 이렇게 잘 지내고 있습니다.〉

그는 마당 둘레에 심어놓은 화초에 물을 주며 말했다. 손길이 많이 간 흔적이 역력했다.

〈선혜와 같이 심었던 것인데 잘 키워야지요.〉

여러 번 수돗가를 오가며 오랫동안 물을 주고 난 뒤 방으로 초대했다.

방은 깨끗하게 정돈되어 있었다.

벽에는 선혜와 찍은 사진들이 액자에 담겨 있다. 머리칼도 없는 머리를 면사포로 가리고 웨딩드레스를 입은 선혜의 모습. 그건 여훈이 찍어 준 것이다. 아마도 죽기 열흘 전쯤일 것이다.

둘은 결혼식을 올리지 못한 예비 신랑 신부였다. 결혼을 약속하고 행복에 빠져있을 때 선혜의 병이 발견됐다. 결혼보다 치료가 급했으리라. 아니 결혼식 같은 건 중요하지 않았을 지도 모른다. 오직 '살아야 한다'는 생각밖에 없지 않았을까. 치료를 위해 직장까지 접고 둘은 공기가 좋은 곳으로 이사했다. 바로 이곳으로. 여기가 사실상 그들의 신혼보금자리였던 셈이다. 그러나 그들의 희망을 무시한 채 병은 빠르게 진행되었고 1년을 넘기지 못하고 선혜는 입원을 해야 했다.

이런 사연은 어디까지나 촬영을 하면서 알게 된 것이고 여훈이 그들을 처음 본 곳은 선혜가 입원한 병원에서였다.

말수도 적고, 왜 촬영을 허락했나 싶을 정도로 여훈의 존재를 의식도 하지 않던 계영. 여훈이 나타나면 조심스럽게 눈인사만 하던 선혜.

여훈은 서두르지 않았다. 날마다 찾아갔지만 카메라도 들지 않았고 오래 머물지 않고 일어났다. 그의 방문 자체가 그들에게 익숙해지기를 기다린 셈이다. 나흘째인지 닷새만인지 확실하진 않지만 그날은 병실 복도에서 계영과 마주쳤다. 복도 벽에 나란히 붙어있는 의자에 앉아 있던 그가 여훈이 다가오는 것을 보고 웃었다. 사실 웃었다기보다 그저 굳게 닫고 있던 입술 근육을 조금 풀었을 뿐이었지만 활짝 웃는 것만큼 강렬하게 다가왔다. 그의 표정이 어떤 것이었는지, 아니 얼마나 침울했는지 그 미소 때문에 비로소 깨달은 순간이기도 했다. 하여튼 그날의 '슬픈 미소' 이후로 여훈과 계영 사이에 가로놓여 있던 얼음벽이 녹기 시작했던 건 분명하다. 계영이 여훈의 존재를 의식하고 받아들이자 선혜도 눈인사가 아니라 '목소리'를 들려주며 인사를 건넸다. 그녀의 목소리는 약간 쉰 듯했다.

두 남녀는 그렇게 천천히 여훈과 가까워졌다.

계영이 웨딩드레스를 빌려온 날,
드레스로 갈아입은 선혜를 보고 계영은 울면서 웃었다.
〈너무 예뻐.〉

그렇게 말하면서.

머리카락이 하나도 없는 웨딩드레스 신부.

예쁘단 말에 선혜는 조금 웃었다. 아니 모르는 사람들이 보면 그냥 얼굴을 찡그렸다고 할 것이다. 그 웃음은 계영의 마음에나 보이는 웃음이다. 선혜의 얼굴엔 살이 한 줌도 없었다. 가죽만 남은 피부는 이제 표정을 담을 수가 없다. 웃어도 울어도 그저 피부가 당기듯 찡그려질 뿐이다. 계영은 선혜의 마른 피부 속에 숨겨진, 그를 걱정하는 애절한 웃음을 읽었을 것이다.

마른 종이 같은 얼굴과 젓가락 같이 드러난 팔.

예쁠 수가 없었다.

그러나 계영의 말에는 '이렇게 예쁜데 어떻게 죽는단 말인가' 하는 뜻이 절절하게 담겨있는 '너무 예뻐'였다.

여훈도 덩달아 거짓말을 했다.

〈선혜씨 정말 예쁜데요. 이대로 예식장에 서도 되겠어요.〉

선혜도, 계영도, 여훈도, 그럴 일이 없을 것이라는 걸 알고 있었다. 너무도 간절하게 예식장에 서게 되기를 소망하는 마음을 모른 척하는 게 불가능했을 뿐.

여훈이 사진을 찍어주겠다 하자 둘은 기쁘게 포즈를 취

했다.

그게 그들의 결혼사진이었다.

아무도 말은 하지 않았지만 알 수 있었다.

계영에게 남겨질 아픈 사진이 될 것이라는 걸.

계영과 나란히 선 선혜의 모습은 더 이상 볼 수 없을 것이라는 걸.

여훈은 지금 그들이 나란히 선 마지막 모습을 찍고 있다는 걸.

알 수 있었다.

렌즈 속에 들어온 두 사람의 표정이, 렌즈를 들여다보는 여훈의 눈길이 너무 무심했기 때문이다. 감정을 감추는 최고의 방법은 마음을 버리는 것이고 그들은 잠시 마음을 버렸다.

〈선혜와 살았던 것처럼 열심히 살아야지요.〉

인스턴트 믹스커피를 타 주면서 그렇게 말했다. 묻지도 않는데.

계영은 울지 않았고, 한탄도 하지 않았고, 지나치다 싶을 정도로 담담했다. 그런 계영을 보는데 이상하게 불안해졌다. 다행이란 생각을 하면서도 불안했다. 분명히 말끔한 집 안이었다. 정돈된 살림, 잘 가꾸어진 마당과 화초, 그리고 그 일들을 안정되게 수행하고 있는 계영의 담담한 모습.

그런데 그 모든 것들이 전쟁이 지나간 자리보다 더 참담하게 보였던 건 왜일까. 참담해진 마음에 눈물까지 나려했던 건 왜였을까.

증도

여훈의 불안은 적중했다.

속리산에서 계영을 보고 또 수개월이 지난 어느 날, 여훈은 다시 그 집을 찾았다. 전화도 되지 않으니 물론 연락도 없이 무작정 나선 길이었다.

그 집엔 전화가 없다. 선혜와 보금자리를 꾸밀 때부터 없었다. 해서 계영이 연락을 해오지 않으면 그를 만나기 위해선 찾아 가는 방법 외엔 없다. 물론 연락을 할 리도 없었겠지만.

계영을 처음 본 곳은 병원이었고 헤어진 곳도 병원이었다. 헤어질 때 연락처를 물으니 없다고, 어디로 가느냐 물었을 땐 '집으로 가야지요' 했다. 그러면서 집엔 전화가 없으며 필요를 느끼지 못해 처음부터 설치도 하지 않았다고.

그렇게 헤어질 땐, 마음만 먹으면 만날 수 있는 방법이 얼마든지 있다고 생각했었다. 계영은 다니던 직장이 있었고 당연히 곧 직장으로 복귀하리라 생각했으니까. 물론 여훈 자신이 다시 그를 찾게 되리란 사실을 몰랐으니 절실함이 없었다.

그런데 막상 그를 찾아 나섰을 땐, 깜깜했다. 직장만 믿고 있었는데 그는 복직하지 않았다. 부모도 형제도 없는 그의 행적을 추적하는데 안타까운 마음이 몰려왔다.

선혜의 죽음이 그에겐 어떤 의미였을까.

그녀의 존재가 새삼 크게 다가왔다. 여훈 외에 세상에서 그를 찾는 사람은 아무도 없는 것 같았다. 큰아버지 집에서 자랐다 했지만 대학생 때부터 독립을 했고 큰집이 어디였는지 알아내지 못했다. 암담했다. 실마리도 없는 것 같았다. 결국 실마리는 그의 끈이었던 선혜에게서 찾았다. 어렵게 선혜 어머니를 찾았고 겨우 그 집의 위치를 알게 되었던 것이다.

집이 가까워질수록 불안은 더 커졌다.

굽이만 돌면 그의 집이 보일 터였다. 하지만 그는 분명 집에 없다. 산길의 막다른 집. 계영의 발이 아니면 밟힐 일도 없을 풀들이 너무 무성했다.

인적이 끊어진 곳의 야릇한 정적.

마당에 들어서자 더욱 확실해진 현실.

꽃밭은 잡초에 뒤덮이고 뜰은 온통 풀밭으로 변해버렸다. 먼지가 보얗게 앉은 마루로 다가가는데 마루에서 햇볕을 쬐던 고양이가 훌쩍 뛰어 내려 집 뒤로 사라진다. 고양이가 사라진 부엌 옆에도 잡초가 기운차게 자라고 있다. 집만 빼곤 모든 게 기운차다.

여훈의 발걸음이 마루 앞에서 멈춘다.

방문엔 자물통이 걸려 있었다. 집을 완전히 떠날 마음은 아니었던 모양이다. 언젠가 돌아와 자물통을 풀고 청소를 하고 살려고 했던 모양이다. 집을 버릴 사람이 자물통을 채우진 않을 테니까.

그런 상상으로 위로를 삼으려 했던 걸까.

아님 정말 의미 있는, 근거 있는 예측이었을까.

얼마나 오래 비워진 것일까.

⟨여계영 씨!⟩

대답이 없을 게 뻔했지만 소리 내어 불러보았다.

소리 뒤에 따라오는 괴이한 정적이 더 서글프다.

여훈은 발걸음을 떼어 부엌 쪽으로 간다. 부엌문엔 잠금 장치가 없다. 문을 당기자 덜컥, 소리가 나며 열린다. 기척에 놀란 쥐가 후닥닥거린다. 문 쪽으로 뛰어나오지 않는 걸 보면 어딘가 밖으로 통하는 쥐구멍이 있는 모양이다.

냉기가 흐르는 부엌.

방으로 들어가는 미닫이 쪽문을 밀어보았다. 그냥 열린다.

사람이 살았던 흔적만 있는 빈 집.

방바닥에, 책상에, 그리고 그가 매일 바라보았을 액자에도 먼지가 보얗다.

그는 오래 전 집을 떠났다.

도대체 어디로 간 것일까.

그 후,

여훈은 시간이 날 때마다 그의 행적을 찾아다녔다.

그리고 그를 찾은 곳이 증도 염전이었다.

거의 2년 만에 계영을 다시 보게 된 것이다.

* * *

둘은 담배 한 개비씩을 다 피울 때까지 아무 말도 하지 않았다.

〈살아 달라 할 걸 그랬어요. 살아달라고 부탁할걸⋯⋯.〉

꽁초를 발밑에 던지며 계영이 입을 열었다.

여훈은 대꾸하지 않았다. 섣부른 반응이 그의 말을 끊을 것 같아서였다. 혼잣말인지, 여훈 쪽을 보지도 않았다.

〈괜히 살려준다고 해서, 살리지도 못할 거면서, 내가 살려준다고, 걱정 말라고……. 차라리 부탁을 했으면 살았을지 모르는데, 제발 죽지 말라고, 그랬으면 살아주었을지 모르는데, 선혜라면 내 부탁을 들어주었을지 모르는데…….〉

계영이 이렇게 길게 선혜 이야기를 하는 건 처음이었다.

아니 마음을 들어보지 못했다.

그는 이제야 선혜의 죽음을 이야기하고 있다.

장례 때도, 그 후에도 선혜가 마치 옆에 있는 것처럼, 살아 있는 것처럼 행동했다. 살아 있을 때와 달라진 것이 없었다. 생각해보니 그랬다. 그는 선혜를 그리워하지도 않았고 이야기도 하지 않았고 울지도 않았다.

병원에서 헤어질 땐, 웃기까지 했다. 웃으면서 손을 흔들었다. 손을 흔들고 돌아간 곳에 선혜가 기다리고 있을 것이란 착각이 들었던 걸 여훈은 생각해낸다. 속리산에서도 마찬가지였다. 마당을 가로지르며 물을 주고 있던 계영에게 혼자라는 느낌이 없었다. 그때까지도 계영은 혼자가 아니었다. 그는 착각 속에 살았던 게 분명했다. 그래서 그리워하지도, 울지도 않았다. 이야기를 꺼내면, 그리워하면, 정말 없는 사람이 되어버릴 것이니까.

지금도 계영은 눈물을 보이지 않는다. 하지만 여훈은 그가 이제야 울고 있다는 걸 느낀다. 그녀에 대한 그리움이 그의 피부로 뜨겁게 올라오는 걸 본다.

〈여긴 언제까지 있을 겁니까?〉

〈글쎄요.〉

〈집을 너무 오래 비워두는 것 아닙니까? 돌아가긴 할 거지요?〉

〈아마 그럴 겁니다.〉

도대체 누구 이야기를 하는 것인가.

그는 지금 남의 이야기를 하고 있다.

그리고 결코 돌아가지 않는다.

믿고 싶지 않지만, 확신에 가까운 내면의 외침이 여훈의 마음을 불안하게 흔든다. 하지만 물어볼 수가 없다. 물어보기가 두렵다. 불안의 근거만 더 확실해질 게 분명하다. 여훈은 계영의 대답을 두려워하고 있다는 걸 느낀다. 그리고 자신의 마음도 드러낼 수가 없다. 무슨 말을 하겠는가. 마음이 몽땅 사라져버린 사람에게 어떤 마음이 닿을 수 있을까.

〈염전일이……, 힘들지 않으세요?〉

여훈이 기껏 내뱉은 말이다.

〈움직여야지요. 그래야 살지요. ……힘들다는 생각, 해본 적이 없습니다. 더 움직여야 하는데, 생각할 시간도 없이, 나는 더 움직여야 하는데…….〉

기대하지 않았던 긴대답.

하지만 긴대답도 반갑지 않았다. 말이 길수록 듣고 싶지 않아졌다. 아무 색깔도 없는 그 목소리가 여훈을 견디기 힘들게 만들었다. 그리고 빨리 그곳을 떠나고 싶어졌다.

어떻게 찾았는데,

얼마나 고대했던 순간인데,

지금의 이 마음은 도대체 어떻게 된 일인지.

참 알 수 없는 게 사람의 마음이었다.

만난 지 두 시간 만에 헤어졌다.

마치 그림자처럼 서 있던 그 모습이 마지막이었다.

그 후로 그의 행적은 완전히 없어졌다.

어디로 가버린 것일까.

그가 머리에서 떠나지 않아 시간이 날 때마다 수소문했

지만 허사였다. 가끔 죽었을지도 모른다는 생각을 했다. 어떤 때는 죽음이 더 자연스럽게 받아들여지기도 했으니까. 이십여 년 동안 행적을 찾아다니고, 포기하고, 다시 흔적을 찾아다니는 일을 계속했다. 때때로 자신이 왜 그렇게 계영에게 집착하는지 이해할 수 없다는 생각을 하면서도 그를 계속 붙들고 있었다.

여훈

카메라 렌즈에 잡힌 노부부의 모습은 평화, 그 자체였다.

봄이 절정을 향해 달리고 있는 숲은 달콤하고 아름답다. 아카시 향기가 진동을 하고 아직 가지에 남아있던 늦은 벚꽃이 잔잔한 바람에도 눈처럼 휘날린다. 제법 자라 바람에 술렁이는 신록의 나뭇잎들에 햇살이 부서지는데.

할아버지, 낙원이 직접 만들었다는 벤치는 숲길에서 몇십 보 벗어난 산기슭에 그림처럼 앉아 있었다. 등받이도 있고 양 옆에는 팔걸이까지 있는 부부 전용 벤치다. 물론 숲을 찾은 다른 사람이 앉을 수도 있겠지만 그럴 일은 별로 없을 것 같다. 숲길 따라 눈에 보이는 곳에 있는 것도 아니어서 일부러 알고 찾아가지 않는 한 벤치를 발견하긴 어려울 테니까. 여훈도 부부와 동행하지 않았다면 결코 알아채지 못했을 게 틀림없다.

그 벤치는 숲 속에 갑자기 나타난 고라니 같았다.

카메라는 습관처럼 메고 있었지만 촬영은 하지 않았고, 사사로운 이야기를 하며 그들이 늘 걷던 숲길을 같이 걸었다. 그러다 부부는 숲길에서 벗어났다. 어, 길도 아닌 것 같은데, 하는 생각이 들었지만 곧 무시하고 그냥 뒤를 따랐다.

원하는 작품을 완성하는 데 필요한 촬영분량은 이미 충분했고 오늘은 작별 인사를 하러 온 목적이 더 컸다. 촬영하는 동안에도 그들이 살아왔던 이야기를 듣고 생각도 많이 나누긴 했지만 촬영과 상관없이 교감하는 시간을 갖고 싶었다. 그건 여훈에게 또 다른 특별한 시간이었다.

여훈은 나이가 들수록 어떤 확신이 깊어졌다.

진심이 아니면 감동을 주지 못한다고.

물론 자신이 연출하고 있는 프로그램은 다큐멘터리이고 그래서 실제임은 분명하다. 하지만 사실을 찍고 전달한다고 해서 반드시 감동을 줄 수 있는 건 아니다. 아무리 감동적인 사실일지라도 주인공들의 삶과 마음에 진정으로 다가가지 않고, 공감 없이 찍는 작품은 온전한 작품이 되지 않았다. 어떻게 촬영하는가보다 어떤 마음으로 촬영하는가가 더 중요하다는 깨달음을 여훈은 오랜 경험으로 얻은 셈이다.

진정으로 다가가지 않으면 그들도 마음을 열지 않는다. 그리고 진정성이 없는 다큐는 시청자들이 더 기차게 안다. 여훈은 자신을 속일 수는 있어도 시청자들을 속일 순 없다는 것도 알고 있다.

그래서 제작이 결정되면 먼저 주인공들과 친해지는데 많은 시간을 할애했다. 적어도 일로써만 맺어진 사이가 아닌 상태가 되어서야 일을 시작하고 싶었다. 그래서 촬영을 하는 동안엔 정이 깊이 들었고 촬영이 끝나면 진정 그들과 안타깝고 아쉬운 이별을 해야 했다. 일이 끝나고 돌아가는 게 아니라 친했던 사람과 이별을 하는 마음으로 말이다.

그들을 다시 만날 수 있는, 만나야 하는 친한 사람으로 마음에 두면 그들도 여훈을 그렇게 대접했다. 그 이별이 얼마나 길지, 다시 보게 될지, 서로 알 수 없을지라도.

여하튼 여훈은 지금 노부부와 헤어지는 게 정말 섭섭한 것도 사실이다. 두 달 넘게 매일보다시피 했던 부부. 더러 밥도 같이 먹었고 차를 마시며 한담했던 시간은 헤아릴 수도 없다. 무엇보다 이 부부와 작별하는 시간이 더 아쉬운 이유는 또 따로 있다. 부부는 정말 나이가 많다. 여훈이 찍었던 주인공 중 으뜸이다. 할아버지 여낙원 씨는 아흔 다섯, 할머니 진달래 씨는 아흔 둘이다. 마음먹고 빠른 시일 내에 다시 오면 볼 수도 있겠지만 여차 날짜를 미루다 보면 어떻게 될지 모를 나이다.

10년 전쯤이다.

'노인들만 사는 마을'이란 제목의 다큐를 연출한 적이 있다.

정말 노인들만 17명이 사는 마을이었는데 그들의 평균

나이가 82세, 가장 적었던 나이가 74세였다. 사계절의 풍광과 계절에 따른 그들의 일상을 꾸밈없이 담는다는 게 제작 의도였기 때문에 1년 간 그 마을을 드나들었다. 정이 듬뿍 들었던 건 말할 것도 없고 웬만한 개인사도 다 알게 되었다. 가족관계, 성격, 취미, 사소한 생활 습관까지도.

나중엔 그들의 자잘한 심부름까지 도맡아했다. 생필품을 사려면 버스를 타고 읍내에 나가야 하는 형편인데 노인들이라 들고 나기가 쉽지 않았다. 그래서 촬영을 며칠 접을 땐 아예 품목을 적으러 돌아다녔고 마을로 오면 일일이 찾아다니며 물건을 건네고 안부를 챙겼다. 그런 형편이었으니 이제 그만 온다고 했을 땐 마치 아들을 멀리 보내는 것처럼 섭섭해 하였다.

방영이 되고 5년 뒤, 다시 그 마을에 갈 일이 생겼다.

'노인들만 사는 마을 그 후'라는 제목의 짧은 다큐를 찍기 위해서였다. 걱정 반 기대 반으로 마을을 찾았더니 그 사이에 일곱 분이 세상을 떠나고 없었다. 어느 정도 예상은 했지만 정말 허전하고 허무했다. 돌아가신 분들 모습이 하나하나 떠오르는데 그렇게 비감할 수가 없었다.

그날 집으로 돌아와 '노인들만 사는 마을'을 재생시켜

놓고, 다른 세상으로 떠난 그분들의 모습을 보면서 아내 몰래 서재 방에서 한참을 울었다.

아흔이 넘은 부부가 자녀들의 별다른 도움을 받지 않고도 산골에서 건강하게 살고 있다는 것. 그것도 줄곧 도시에서 살다가 일흔이 넘어 산골행을 택했다는 것. 부부로 만나 거의 70년을 해로했고, 젊은 부부보다 더 다정한 모습으로 살고 있다는 것. 이러한 사실이 모두 제작 동기에 들어가지만 사실 제작의 결정적 이유는 주인공들의 나이였다.

그런데 그 나이 때문에 여훈은 이 부부와 헤어지는 날이 더 각별하다. 지금은 건강하지만 노인의 내일은 장담할 수가 없다. 감기를 앓다가도, 골절상으로도 허무하게 세상을 뜰 수 있다는 걸 아니까.

'노인들만 사는 마을'의 귀분 할머니도 골절상으로 세상을 떴다. 마루에서 댓돌로 내려서며 신발을 꿰어 신다 마당으로 구른 귀분 할머니. 댓돌 높이가 겨우 한 뼘 정도밖에 안 되는데 어이없이 엉덩뼈에 금이 갔다. 그 후 꼼짝없이 병원 침대에 누워계시다 세상을 떴다 했다. 여든이 넘은 나이라 뼈는 잘 붙지 않았고 욕창이 생기고 했던 모양이었다.

〈오늘은 인사를 드리러 왔습니다.〉

햇살이 마당 가득 퍼지기 시작하는 열 시쯤 대문을 들어섰더니 두 분이 옷을 다 갖춰 입고 마당에 나와 있었다. 왜 이렇게 늦었냐고 하면서. 자기들은 산책 나갈 참인데 여훈이 아직 오지 않아 전화를 할까 하고 있던 중이었다고. 왔다가 헛걸음을 칠까 그 걱정을 하신 모양이었다.

〈그러지 않아도 된다고 하지 않았습니까? 나가셨으면 제가 기다리면 되고, 또 찾아나서도 되구요.〉

〈온다는 말을 들었는데 그러면 쓰겠소? 사람이 기다리게 되지.〉

〈감사합니다.〉

〈감사는 무슨, 같이 산책이나 갑시다.〉

낙원이 여훈의 어깨를 두드리곤 대문으로 발걸음을 옮겼다. 할머니의 손을 잡은 채.

길을 나설 땐 언제나 손을 꼭 잡고 걷는 부부다.

할머니는 한 손엔 지팡이를 한 손은 할아버지 손에 의지해 걸음을 뗀다.

할머니가 지팡이에 의지하게 된 건 작년 가을, 산책하다 나무뿌리에 걸려 넘어져 허리를 다친 때문이라 했다. 그 전까지는 아픈 데가 없었을 뿐더러 날씨가 좋은 날은 하루에도 두 번씩 할아버지와 멀리까지 산책을 다니실 정도로 건강했단다. 그랬던 할머니가 이젠 많이는 못 걷는다.

할머니 허리가 아주 좋지 않은 날은 할아버지 혼자 산책을 나간다. 그냥 산책이 아니라 산책길 다듬는 것이 주목적이다. 돌부리가 있나, 길가로 솟아나온 나무뿌리가 없나, 혹시라도 발걸음을 크게 못 떼는 할머니가 걸리지 않을까 그걸 미리 치워놓는 것이다.

여훈은 부부를 따라 나선다.

산책하면서 고맙단 마음도 전하고 천천히 이별인사를 할 생각이었다.

여훈에게도 익숙한 산책길.

할아버지를 따라, 혹은 부부를 따라 몇 번이고 카메라를 들고 걷던 길이었다. 그런데 두 분이 산책로를 벗어나는 것이다. 어, 싫었지만 그냥 따랐다. 길은 좀 가팔랐다. 두 분은 아주 천천히 경사를 올랐다. 그래서 여훈은 여유롭게 숲을 둘러보며 여기저기 카메라를 들이대고 찍기도 했다. 할머니는 몇 걸음마다 서서 숨을 골랐고 그럴 때마다 할아버지는 할머니를 보며 '괜찮아?' 하는 표정으로 안색을 살폈다.

그렇게 얼마나 올랐을까.

갑자기 눈앞에 벤치가 나타났다. 벤치라고 인식되는 데는 몇 초의 시간이 걸렸다. 대패질이 매끄럽게 된 깔끔한 모양이 아니어서 그런지도 모르겠다.

벤치를 이루고 있는 나무는 제각각 너무 자연스런 모습으로, 굵기도 다르고 색깔도 다르고 모양새도 달랐다. 그래서 벤치가 아니라 그냥 숲의 나무로 보였던 모양이다. 쓰러져 말라죽은 나무줄기나 땅 위로 솟아오른 뿌리마냥.

그게 벤치라는 게 인식되는 순간은 마치 숲에서 예쁜 새나 고라니를 발견한 느낌이었으니까. 친숙하고도 신기하고 놀라운 느낌. 뭐 하여튼 표현이 명쾌하지는 않지만 그랬다.

그 놀라운 물건에 부부는 천천히 가서 앉았다.

익숙하게.

마치 오랫동안 살던 집으로 들어가 안방에 자리를 잡고 앉듯이.

할아버지는 할머니를 이끌어 먼저 앉히고 지팡이를 받아

벤치 옆에 기대어 놓은 뒤 할머니 옆에 앉았다. 딱 두 사람을 위한 벤치였다. 억지로 세 명이 앉으려면 앉을 수는 있겠지만 그건 역시 억지다. 부부가 앉은 벤치는 모자라지도 남지도 않는 적절한 여유를 두고 그림이 완성되었다.

〈우리 두 사람 벤치여.〉

할아버지는 여훈이 앉지 못하는 걸 좀 미안해하는 표정으로 웃었다.

〈딱 맞춤인데요?〉

그 말은 진심이다. 정말 그 자리에 끼일 생각은 조금도 없었다. 아니 그 모습이 너무 보기 좋아 선 자리에서 움직이기도 싫었다.

대신,

여훈은 카메라를 들고 화면을 들여다본다.

렌즈 안에 들어온 부부.

벤치와 하나가 된 사람들.

숲과 구분되지 않는 벤치.

바람이 숲을 흔들고 숲의 작은 것들이 바람에 실려 날아다니지만 그 모든 것이 정지된 것처럼 느껴졌다.

여훈은 천천히 화면을 클로즈업 했다.

부부의 얼굴이 화면 가득 들어온다.

할아버지가 할머니를 보고 있다.

무슨 말을 하고 있다. 소리가 작아서 분명하게 들리진 않지만 말하는 입은 선명하게 보인다. 아마도 두 사람은 자신들의 얼굴이 이렇게 여훈 가까이 있다는 걸 모르리라.

부부의 얼굴만 가득한 눈앞의 세계.

〈선혜야, 괜찮아?〉

이게 무슨 소린가.

선혜, 선혜라고?

분명 선혜라고 했다. 할머니 이름은 진달래. 소리를 잘못 들었다 하더라도 입 모양은 아니다. 입 모양이 달래는 아니다. 진달래도 달래도 분명 아니었다. 그리고 할아버진 할머니 이름을 부르지 않는다. '이보시오'나 '당신'이 할머니에 대한 호칭이었다.

여훈은 눈에서 카메라를 내린다. 동시에 할아버지와 눈이 마주친다. 할아버지는 여훈을 빤히 쳐다보고 있다. 당황한 표정인가. 그런데 그 표정. 저 표정은 또 뭐지? 여훈의 얼굴에서 핏기가 사라진다.

설마 아니겠지. 물론 아니다.

그런데 저 얼굴은, 저 표정은, 저 눈빛은 계영이다. 계영이?

그럴 리가 없다. 계영이라니!

낙원

여훈과 눈길이 마주친다.

흐린 눈이라 상대의 눈동자가 선명하진 않지만 분명히 이쪽을 똑바로 보고 있다. 그리고 놀란 얼굴이다.

들렸는가. 눈치를 챘는가.

하지만 그게 뭐 어쨌단 말인가.

낙원은 순간 당황했지만 곧 그럴 일이 아니라고 생각한다. 자기는 어디까지나 슬하에 형제를 둔 여낙원이고 여낙원의 모습이며 누가 봐도 여낙원이다. 그리고 옆에는 한평생 부부로 살아온 아내, 진달래가, 누가 보더라도 진달래인 그녀가 앉아 있다. 그런데 무엇이 문제란 말인가. 자기가 그렇다고 하면 그런 것이다. 자신과 아내가 일부러 말하지 않는 한, 아니 말을 한다고 해도 믿지 못할 것이다. 그런 일은 이 세상에 없다.

그런 일은.

있지만 없는 일이다.

* * *

나는 겨울바다에서 죽었다.

그러니까 나, 계영은, 아니 정확히 말하면 계영의 몸이라고 해야 하겠지.

계영은 바닷가 바위에서 실족해 죽었다.

물론 단순한 사고사는 아니었다.

죽던 날, 내 마음의 대부분은 이미 삶에서 발을 떼어 놓은 상태였다. 죽고 싶은 건 아니었지만 정말 살고 싶지가 않았다. 살아 있기가 싫었다. 살아서 움직이고, 무언가를 먹어야 하고, 무엇을 해야 되고, 생각이라도 하게 되는 순간순간이 죽도록 싫고, 외롭고, 허무했다. 죽을 마음은 아니었지만 살고 싶지도 않은 마음으로 바위투성이 해안을 서성거리고 있었다.

짧은 겨울 해가 떨어지고 파도가 거칠어졌다.

낮부터 파도가 일었다. 풍랑주의보가 내려 배들이 출항을 하지 못한 날이기도 했다. 그래서 나도 그날은 하루 종일 일이 없었다.

나는 중도 염전에서 여훈과 만나고 난 다음 날 그곳을 떠났다. 다시 누군가 나를 찾아오게 하고 싶지 않았다. 나를 아는 사람을 만나고 싶지도 않았다. 그것은 여훈이 떠나고 난 뒤에 든 생각이다. 내가 아무도 만나고 싶어 하지 않는다는 걸 여훈을 보고서야 알았다. 어쩌면 찾아올 것이란 걸 전혀 예상하지 못하고 있었던 건지도 모른다. 예상하지 못했으니 그런 생각조차 할 필요가 없었는지도.

어차피 그곳이 나의 집도 아니었고 어디를 가나 상관없었다. 미련 없이 떠났고 떠나는 순간 그 홀가분함에 잠깐 황홀하기도 했다. 집을 떠나올 때와는 많이 달랐다. 두고 오는 것에 대한 미련이 전혀 없다는 것. 방랑하는 자의 심정이 그와 같을 지도 몰랐다. 미련이 생기기 전에 떠나는 것.

그리고 이번엔 고깃배를 탔다.

고깃배도 염전 일처럼 몸을 혹사시켜 마음과 정신을 때때로 훔쳐가 버렸다. 그게 마음에 들었다. 정신도 없을 만큼 힘을 써야 하는 일이 내겐 필요했다. 처음엔 배 멀미가 좀 괴로웠지만 그 괴로움까지 차라리 달콤하게 느껴졌는데 그 달콤함마저 얼마 지나지 않아 빼앗겼다. 배 멀미가 더 이상 나지 않았기 때문이다.

내가 임금에 상관없이 배를 탔기 때문에 선장들이 좋아했고 내 일은 바다만 허락한다면 늘 있었다. 하지만 풍랑이 있는 날은 나도 어쩔 수 없이 한가해져야 했다.

장기 투숙하고 있던 여관에서 눈을 뜬 시간은 낮 12시가 지났을 때였다. 그날은 어떻게 그렇게 늦게까지 잘 수 있었는지 모르겠다. 늘 오래 잠들어 있기를 바랐지만 그런 날은 거의 없었다. 오래 자고 싶어 술을 많이 마시고 잔 날은 도리어 새벽에 잠이 깨어 더 난감했다.

시간을 보고 잠시 흐뭇해하고는 세수도 하지 않은 채 옷을 걸치고 여관을 나왔다. 구멍가게에서 컵라면을 사서 가게 앞 테이블에서 늦은 아침을 먹었다. 그곳은 일없는 동네 남자들이 낮에도 더러 앉아 소주나 막걸리를 마시곤 하는 자리다. 본래는 음료수 회사의 상징문양이 찍힌 덮개가 있는 둥근 테이블이지만 덮개는 없어지고 테이블과 의자만 있었다.

그날, 그 시간엔 아무도 없어 혼자 컵라면을 먹었다. 날이 흐리고 바람까지 불어 차가운 날에 그런 곳에 앉아 있을 사람이 없는 게 당연했다. 나는 바람을 등지고 앉아 국물까지 말끔하게 마셨다. 그날은 국물이 맛있었다.

빈 스티로폼 용기를 가게 앞 붉은 쓰레기통에 던져 넣고 나니 할 일이 없었다. 어디로 가야 할지 몰라, 아니 무엇을 할지 몰라 쓰레기통 앞에 잠시 어정쩡하게 서 있었다.

〈뭐, 또 더 드려요?〉

가게 주인아주머니가 묻는 소리에 내가 그렇게 서 있었단 걸 깨달았다.

〈아, 아닙니다.〉

어색하게 대답을 하고는 무작정 발길을 떼었다. 가야 할 곳도 갈 곳도 없으니 그냥 또 해안으로 향했다. 파도가 높으니 구경할 것도 있겠지, 뭐 그런 생각이 들었던 것도 같다.

하늘은 잔뜩 흐리고 파도가 제법 높았다.

바닷물 위로 솟아 있는 검은 바위가 끊임없이 밀어닥치는 파도에 씻겨 번들거렸다. 거기에 허옇게 흩어지는 물거품.

해안에서부터 꽤 먼 바다까지 크고 작은 바위들이 이어져, 바다가 잔잔한 날은 멀리 있는 바위까지 가 볼 수도 있었다. 걷기가 쉽지 않지만 못 갈 곳도 아니다. 그만그만한 크기의 바위들이 끝나는 곳에 섬처럼 우뚝 솟은 큰 바위가 있다. 이 마을 사람들은 그 바위를 섬바위라 불렀다. 낚시꾼들은 망망대해를 바로 앞에 두고 있는 섬바위 위에서 낚시하기를 특히 좋아한다. 물론 위험하다. 실수로 실족하는 경우도 있고 파도가 있는 날은 휩쓸리는 사고도 나는 곳이다.

나는 연이은 바위들 위로 발길을 옮겼다. 섬바위까지 가 볼 작정이었다. 바위가 미끄러웠지만 넘어지지도 빠지지도 않고 섬바위까지 갔다.

섬바위에 올라서니, 앞은 거칠게 펼쳐진 바다뿐이었다. 바다는 거친데 이상하게 마음은 가라앉았다. 마음이 가라앉았다는 건 생각이 없어졌다는 뜻이다. 아니 생각이 없어진

게 아니라 생각이 덜 괴롭게 느껴진다는 뜻이다. 더 정확히 말하면 선혜 생각을 하고 있는데 어쩐 일인지 마음이 아프지 않았다는 뜻이다.

나는 젖은 바위 위에 앉아 버렸다. 그리고 마음 놓고 선혜 생각을 했다. 선혜와 밥을 먹던 일을 생각하고, 영화 보던 것을 생각하고, 안고 잤던 것도 생각하고, 선혜가 죽던 날도 생각했다. 그런 생각을 하면서 선혜를 소리 내어 불러보았다. 죽고 난 뒤 처음으로 소리 내어 불러보았다. 불러도 늘 속으로만 불렀는데 그날은 목청껏 불렀다.

내 소리는 파도 소리에 섞여 흩어졌지만 왠지 웃음이 나왔다.

웃으면서 몇 번이고 선혜를 불렀다.

앉아 있으려니 술 생각이 났다. 소주를 한 병 사가지고 올 걸, 하는 생각이 났지만 사 올 마음은 없었다. 그냥 술 생각과 선혜 생각을 섞어 하며 앉아 있었다. 오래 앉아 있었던 모양이었다. 어느 순간 보니 바다가 더 검어져 있었다. 해가 진 거 같았다. 그날은 시간이 아주 빨리 흘렀다.

곧 주변이 어둑해져 왔다. 돌아가야 할 시간이란 생각이 들었다. 나는 바위에서 일어났다. 그리고 뒤돌아섰다. 눈앞에 번들거리는 바위들이 보이고 그 끝에 폭 좁은 모래땅이 보이고 그 끝에 숲이 보이고, 아마 저 뒤로는 집들이 있고 내가 자던 여관도 있겠지.

그런데 발걸음을 떼기가 싫었다. 미끄러운 바위 위를 엉거주춤 걸어가기도 싫고 모래땅을 밟기도 싫고 또 무얼 먹어야 하는 것도, 자야 하는 것도, 일어나야 하는 것도 싫었다. 너무 싫어졌다. 아무것도 하기가 싫어졌다. 한 발자국도 움직이기 싫어졌다.

나는 죽고 싶었던 게 아니다. 정말 그 자리에서 한 발자국도 움직이기가 싫었던 것뿐이다. 그래서 그냥 서 있었다. 아무것도 하지 않고 서 있기만 했다.

하늘과 바다는 더 어두워지고 파도는 더 거칠어졌으리라.

얼마나 오래 서 있었고 하늘은 얼마나 더 어두워졌고 파도가 얼마나 더 높아졌는지 잘 모른다. 시간도 잊고 공간도 잊고 몸의 감각도 잊었다. 내 몸은 그냥 허공에 뜬 듯, 존재해 있었다. 주변의 다른 바위들처럼.

마음은? 마음도 그냥 어느 곳에 존재해 있었을 것이다. 몸을 떠나 있었는지도 모르겠다. 그 바위 위에 있었던 한 순간이 도무지 생각나지 않는다. 내가 무슨 생각을 했는지, 어떤 마음이었는지, 무엇을 떠올렸는지, 아무것도 떠오르는 게 없었는지, 지금은 잊어버린 건지, 정말 알 수 없다.

감각도 없는 시간이 흘렀다.

그리고 덮치는 파도에 쓸려 찬 바다 속으로 고꾸라졌다.

고꾸라지는 순간 안심이 되었다.

'이제 정말 아무것도 하지 않아도 되는구나.'

그런 생각과 함께 감각을 되찾고 현실로 돌아왔다. 현실에 대한 의식이 곧 다시 끝나버리긴 했지만. 얼음처럼 차가운 바다가 나를 삼킨다고 느낀 순간이 감각의 끝이다. 아마 심장이 멎었으리라.

그렇게 나는 죽었다.

내 몸은 파도에 휩쓸려 갯바위에 무수히 부딪쳐 부서지고 해체되어 바다로 흩어져버렸다. 시체가 발견될 수는 없었다.

그래서 나, 계영은 아직도 실종된 남자로 세상에 남아 있다.

여훈

그 느낌이 틀린 게 아닐지 모른다.

노부부의 집을 방문한 첫 날,
정말 기분이 묘했다.

그렇지만 충분히 그런 기분이 들 수도 있었다. 어떻게 아무렇지도 않겠는가. 여훈은 그곳이 처음이 아니었고, 사람이 살던 때도, 텅 비었을 때도 보았다. 아직도 잡초가 무성하던 빈 집의 모습이 기억 속에 똑똑히 남아 있다. 비록 옛날의 집 모습은 흔적 없이 사라졌다 해도 그곳은 바로 계영과 선혜의 집이 있던 자리다.

모퉁이를 돌자 서양식 목조주택이 나타났고, 여훈은 그 집을 보면서 계영의 나지막한 집을 떠올렸고, 할아버지 여낙원 씨가 현관문을 열고 나오는데 순간 계영이 보였다.

계영이 살아 있다 해도 꽤 변했겠지.

쉰이 훨씬 넘었을 테니까.

그런 생각이 들었지만 머리를 흔들어 계영의 모습을 지워버렸다. 다른 생각에 사로잡힌 채 촬영을 시작할 수는 없기 때문이었다. 그리고 말도 안 되는 느낌이기도 했기에.

이 집을 마지막으로 방문했을 때, 마당엔 건축자재가 잔뜩 쌓여 있었다. 어느 노부부가 새로 지어 들어오는 거라 했다. 그 집이 계영의 소유가 아니라는 것은 알고 있었다. 장례가 끝나고 헤어질 때 어디로 가느냐고 물었다. 선혜와 살던 집으로 일단 가겠지만 얼마나 있게 될지는 모르겠다고. 아는 사람한테서 빌린 집이라 언제까지나 있을 곳은 아니라고.

그리고 지금 그 집엔 다른 사람이 살고 있다.

벌써 이십 년이다. 계영의 흔적이 남아있을 리가 없다.

돌아보는 시간은 잠깐이지만 긴 세월이다. 세월이 너무 흘렀다.

증도를 다시 찾았을 땐 불안한 예측대로 떠나고 없었다.

시기로 봐서 여훈이 찾아오고 난 직후 떠난 것이 틀림없었다.

그렇게 어렵게 찾아놓고 하루 묵지도 않고 그곳을 떠났다.

차에 앉는 순간 후회가 됐다. 아니 무서운 직감에 시달렸다. 그가 정말 아무도 못 찾을 곳으로 떠나버릴 것 같다는. 이젠 정말 찾을 수 없을 지도 모른다는. 그런 생각을 하면서도 되돌아가기는 싫었다. 되돌아가서 다시 그를 마주하고 싶지가 않았다. 그때는.

흔적도 찾지 못하는 세월이 쌓여가자 쓸데없이 후회하는 시간도 쌓여갔다. 그때 바로 뒤돌아가서 그를 다시 찾았다면 달라졌을까. 하룻밤 같이 머물며 시간을 더 가졌다면 어땠을까. 그의 심정을 알게 되었을까. 그가 다른 곳으로 떠나는 걸 막을 수 있었을까.

답답해서 속리산 집을 찾았더니 집이 헐려지고 있었다.

2년이 넘게 비어 있는 집.

주인이 결단을 내린 것이리라. 집을 지어 들어오는 사람이 주인인지 또 다른 사람인지는 모르겠지만. 하여튼 낯익은 집 앞에 쌓인 낯선 자재를 보는데 이제 정말 계영은 돌아올 곳이 없다는 생각이 가슴을 차갑게 지나갔다.

집주인 번호를 물어 전화까지 해보았다. 혹시 계영과 연고가 닿아있을 지도 모른다는 기대를 하고서. 나이 지긋한 남자 목소리가 수화기 너머에서 들려왔다. '아닌 밤중에 홍두깨'란 반응이었다. 태어나서 한 번도 상냥해 본 적이 없었을 것 같은 무뚝뚝한 어투였다. 그 목소리가 왠지 계영에게 쏟아지는 화살같이 느껴져서 괜히 더 울적했던 기억이 아직도 생생하다.

　중도에서 본 이후 계영의 종적은 찾을 수가 없었다. 죽은 것도 아닌데 죽은 것처럼 말짱하게 흔적이 지워졌다. 그리고 족히 20년이 지났다. 죽었으리란 생각이 거의 확신으로 굳어지던 때였다.

　산골에 아흔이 넘는 부부가 건강하게 살고 있는데 작품이 되지 않겠냐는 말을 들었을 때는 시큰둥했다. 아흔이 넘도록 부부가 건강하게 해로하는 일이 흔하진 않지만 그것만으론 약했다. 백수를 누리는 노인도 심심찮게 보이는 백세시대니까. 마음을 정하지 못하고 있었다. 그러다 그들이 살고 있다는 주소를 듣고 정신이 번쩍 들었다. 속리산, 하는 순간 계영의 집이 떠오른 것도 신기하다. 속리산에는 계영의 집밖에 없는 것처럼.

주소가 일치했다. 주소를 확인하고 바로 결심했다.

결정하고 나니 빨리 가보고 싶어 죽을 지경이었다.

설레는 마음과 아련한 슬픔 같은 걸 느끼며 차를 몰았다.

20년이다.

10년이면 강산이 변한다 했으니 완전히 변해버려 흔적조차 찾을 수 없다 해도 이상하지 않을 정도로 세월이 흘렀다.

변했겠지.

몰라보게 변했겠지?

어떻게 변했을까.

그런 생각을 하며 드디어 도착했다. 하지만 그곳까지는 크게 변한 것이 없었다. 달라진 것이 있다면 제법 큰 소나무 한 그루가 서 있다는 것. 그리고 소나무와 최대한 거리를 두고 주차해 놓은 듯한 낡은 승용차. 집주인 차인 모양이었다.

계영의 집은 원래 마당까지 차가 들어가지 못했다.

20분 넘게 구불구불 좁은 산길을 달리면 그 끝에 겨우 차를 돌릴 수 있는 정도의 공터가 나오고 그 공터가 주차장이 되는 셈이었다. 거기부터 차는 더 이상 진입할 수 없을 정도로 길이 좁아지고 굽어서 공터에서 보면 길 끝에 집이 있다는 상상을 하기 힘들다. 몇 십 미터 정도밖에 안 되는 집까지의 진입로는 거의 ㄱ자로 굽어 있기 때문이다.

하지만 차에서 내려 조금만 걷다 보면 사람의 손길을 느낄 수 있었다. 그 좁은 길가에 계영과 선혜가 심어놓은 감나무 묘목이 마치 가로수처럼 심어져 있기 때문이다. 그 묘목이 자라 감이 열리려면 적어도 3년은 지나야 한다고 계영이 말했다.

감나무 길이 끝나는 곳에 돌로 경계를 친 꽃밭이 나오고 곧이어 동그란 마당이 눈앞에 나타난다. 울타리도 문도 없기 때문에 동그란 마당은 활짝 웃으며 뛰어나오는 소녀의 얼굴 같은 느낌이었다. 동그란 마당 둘레에는 또 작은 밭이 있는데 거기엔 화초도 있고 먹을 채소도 있었다.

구불구불한 산길 끝에서 만난 공터.

여훈은 소나무 아래 차를 세웠다.

집주인은 바늘 같은 소나무 잎들이 차에 떨어지는 게 싫었던 모양이다. 햇빛 아래 서 있는 차를 보며 그런 생각을 한다.

소나무가 드리운 그늘이 제법 짙다.

누가 일부러 심은 것일까. 아님 씨가 날아들어 저절로 자란 걸까. 20년이면 씨앗이 얼마나 큰 나무가 될까. 정말 씨앗이 자란 것일까.

계영이 살아 있다면 예순에 가깝다. 살아있기나 한 걸까.

여훈은 차에서 내려 한참동안 소나무를 올려다보았다.

싱싱하게 살아있는 소나무를.

빳빳한 잎과는 색깔부터 다른 연한 잎들이 마구 싹을 내밀고 있다. 계절은 또 그렇게 돌아오는 모양이다.

집으로 이어지는 좁은 길로 들어서며 감탄을 한다. 그 길은 몰라보게 달라져 있었다. 앙상한 묘목이 엉성하게 서 있던 길이 감나무 가지로 터널을 이룬 풍성한 길로 변해 있었다. 감나무는 참 잘 자랐다. 간격으로 보아 한 그루도 죽지 않고 다 살아난 것 같았다.

'선혜가 감을 좋아해요. 나도 그렇지만.'

계영이 그런 말을 했었다. 묘목에 물을 주면서.

'그런데 3년은 지나야 감이 열린다는데.'

혼잣말처럼 그렇게도 중얼거렸다.

선혜는 묘목에 잎이 제대로 피고 지는 것도 보지 못하고 세상을 떠났고, 계영은 감이 열리는 것도 보지 못하고 집을 떠났다. 주인들이 떠나간 그 길에 감나무들은 홀로 잎을 피우고 열매를 맺고 했나보다.

그 감은 누가 먹었을까.

누군가 먹기는 했을까.

떨어진 감꽃 위를 지나간 사람은 있었을까.

어쩌면 계영이 그 꽃을 밟았을지도 모른다. 이른 새벽이나 해가 기울 때 다녀갔는지도 모른다. 아니면 해마다 와서 한두 개씩 감을 따 먹었는지도 모른다. 여훈이 늘 지키고 있었던 것은 아니니까 모를 일이다. 아마 그랬을지도 모른다.

여훈은 감나무를 올려다보며 상념에 잠긴다.

상념 속에서,

계영이 감나무 밑을 거닐고, 감나무를 올려다보고, 감을 따기도 한다. 여훈 자신이 마치 계영이 되어 그 길을 걷고 있다는 묘한 착각에 빠지기도 하면서 점점 깊은 상념 속에 빠진다. 상념 속에서 걸었고 눈앞에 목조 전원주택이 나타날 때까지 현실을 잊고 있었다.

아!

완전히 다른 집!

상념이 한순간에 달아난다.

할아버지, 낙원이 현관문에서 나오는 순간은 웃음도 나왔다. 얼마나 쓸데없는 상상이었던가. 감은 할아버지가 먹고 그 꽃도 할아버지가 밟았겠구나. 더구나 주인 없이 홀로 자란 나무라니. 저 노부부가 있었는데. 그런데 왜 계영이 아니면 아무도 없을 거란 생각을 하고 있었을까. 사람이 살고 있는 곳이란 걸 모르고 온 것도 아니고 말이지.

그렇지만 달아난 망상은 영 가버린 게 아니었나 보았다. 할아버지가 나오고 뒤이어 나온 할머니를 보는 순간 또 착각을 한다. 누가 봐도 계영과 선혜의 모습과는 거리가 먼 아흔이 넘은 노부부를 보는데 왜 그들이 떠올랐을까. 더구나 젊은 연인들 모습으로 말이다.

여훈은 혼자 그렇게 정리했다. 그들이 살았던 집이었고 계속 그들 생각을 하고 있었고 그래서 뇌가 그 상상을 잠깐 실제로 받아들인 걸 거라고.

* * *

그런데,

촬영하는 내내 의심이 숨어있었던 모양이다.

착각이라고 하기엔, 그렇게 넘겨버리기엔 이상한 점이 너무 많았다. 생각해보니 더욱 그렇다. 의식을 하기 시작하자 꼬리를 물고 따라오는 의심스러웠던, 아니 착각을 일으키게 했던 장면들. 그 착각이 정말 모두 착각이었을까.

손을 잡을 때의 낙원의 버릇.

낙원이 달래의 손을 잡을 때 특별한 버릇이 있다.

먼저 어깨를 쓰다듬듯 그녀의 어깨에 손을 얹고, 그녀의 팔을 미끄럼 타듯 타고 내려와 손을 잡는다. 흔치 않은 버릇이다. 그리고 그건 계영의 버릇이기도 하다.

선혜가 기침을 할 때, 선혜가 그를 부를 때, 선혜를 부축해 화장실에 갈 때도, 그녀의 어깨에 먼저 손이 얹히고 팔을 타고 내려온 손이 그녀의 손을 잡았다. 그 동작이, 20년 전에는, 촬영을 할 당시에는 아무런 특징이 아니었다. 그다지 주목을 끄는 동작이 아니었다. 그런데 낙원과 달래를 촬영하면서, 아니 촬영을 하고 있을 당시에는 깨닫지 못했을 지도 모른다. 지금 막 그 생각이 난 건지도.

어깨를 거쳐 손을 잡는 낙원, 그건 완전히 계영이다. 그리고 거기에 대응하는 달래의 동작과 표정 또한 그냥 넘길 수 없다. 선혜는 계영의 손이 그녀의 손을 잡으면 계영을 바라본다. 눈을 맞추고 웃는 표정으로 그의 얼굴을 본다. 거의 반드시라고 해야 할 정도로. 기침이 자지러져도, 계영의 손이 그녀의 손을 잡는 순간 얼굴을 들어 바라보는 시늉이라도 했다.

맞다.

정말 그랬다.

그뿐만이 아니다.

밥을 먹을 때도, 선혜와 계영은 밥상 앞에서 숟가락을 들고 기다린다. 누가 누구를 기다리는지 모르겠지만. 숟가락을 먼저 든 사람이 상대를 기다리기도 하고 동시에 들었다 해도 잠깐 기다리는 듯 멈추는 시간이 있다. 서로 마주 보며, 마치 시작, 하고 속으로 밥 먹을 신호를 주고받는 듯. 그리곤 거의 동시에 국이나 찌개 그릇에 숟가락을 넣는다. 선혜가 병이 깊어져 거의 밥을 못 먹게 될 때까지, 그들은 병원 침대 식탁에 마주 앉아 그렇게 밥을 먹었다.

어떻게 그렇게 같을 수가 있단 말인가.

모습도, 나이도 완전히 다른 사람들인데, 거울을 보고 있는 것처럼 똑같을 수가 있었단 말인가. 노부부의 밥 먹는 모습이 유난히 친근하게 다가온 이유는 어쩌면 그 때문이었는지도 모른다. 기억의 저편에 있던 선혜와 계영의 모습이 겹쳤기 때문에. 그들의 모습이기 때문에.

그걸 떠올린 적도,

인상적이었다고 여긴 적도 없었는데,

지금,

노부부의 식사 모습이,

기억의 폭풍이 되어 가슴을 뒤흔든다.

이럴 수는 없다.

여훈은 손에서 카메라가 빠져나가는 걸 느끼지 못한다.

목에 줄이 걸려 있지 않았더라면 바닥으로 떨어졌을 것이다.

놀란 표정을 감추지 못하고 있는 여훈을, 낙원은 눈도 떼지 않고 맞받아 보고 있다.

2부

달래

도무지 곁을 주지 않았던, 편치 않았던 조카였다.

사실 밥을 해 먹이는 것 외엔 별로 손갈 일이 없었던 아이.

말썽을 부리지도 반항을 하지도 않았고 지각이나 결석도 모르는 공부 잘 하는 학생. 그를 아는 사람들에게 계영은 모범생이었다.

아침엔 성수, 성민과는 달리 깨우지 않아도 늦지 않게 일어나 학교에 갔고 중학교 들어가서부터는 교복도 제 손으로 빨아 깨끗하게 챙겨 입었다. 말썽도 반항도 없었으니 첨

예한 훈육의 기회는커녕 소소한 잔소리조차 할 일이 없었다. 그 나이 때 성수, 성민은 잔소리 듣는 일로 하루를 시작하고 잔소리를 들으며 하루를 끝냈던 걸 떠올렸다면 좀 달라졌을까. 일부러 찾아서라도 잔소리를 했을까.

울지 않고, 떼를 쓰지도 않고, 장난도 없었던 조용한 아이.

이상하다는 생각은 해보지 않았을까.

신경이 쓰이긴 했던 모양이다.

말도 없고 표정까지 늘 같기만 한 계영의 속내를 참 알 수 없었고, 그래서 그 침묵은 은근히 사람을 긴장시켰다. 남편도, 성수, 성민도 말이 없긴 했지만 계영과는 사뭇 다른 느낌이었다.

물론 달래에게 아들과 조카가 같을 수는 없었다.

하루아침에 엄마를 잃은 계영의 처지가 안타깝긴 했지만 달래에게도 동서의 죽음은 날벼락이었다. 계영은 그때 겨우 열 살. 낙원의 결정이 아니라도 나 몰라라 할 정도로 남의 눈을 무시할 배짱은 없는 사람이었다. 낙원은 그야말로 하나밖에 없는 동생의 피붙이니 당연한 마음이었을지 모르지만 달래로선 낙원만 아니면 솔직하게 눈 딱 감고 모른 체하고 싶었다. 아이를 하나 데려다 키운다는 게 동정심만으론 힘든 일이라는 걸, 직접 돌봐야 하는 여자들은 본능적으로 알았다.

마지못해 데려왔으니 마지못한 사랑만 주었을 것이다. 그건 인정한다. 알뜰살뜰한 마음이 없었다. 마음이 가지 않았다. 그것까지 나무란다면 할 말은 없다. 그러나 마음이 없다고 함부로 하지는 않았다. 해야 할 일은 해주었다. 대놓고 구박하지도 않았지만 사람들 몰래 구박하는, 나쁜 계모가 한다는 짓도 하지 않았다. 제때 밥 먹이고 도시락을 싸주고 옷을 빨아 입혔다. 그러면서 그 정도면 큰어머니로서 할 일은 했다고 생각했다. 사연이야 있겠지만 제 자식도 버리는 어미가 많은 세상인데 그만하면 고마운 일 아니냐고.

그래서 달래는, 계영이 붙임성 있는 아이가 아니라는 게 내내 불만이었다. 계영을 대하는 자신의 태도에 대한 의식은 해보지 않은 채였기 때문에 계영의 침묵은 참기기 힘들었다. 특히 둘이서만 밥을 먹고 있을 땐 폭발할 것 같은 순간도 많았다.

고개를 숙이고 밥만 먹고 있는 걸 보면 안쓰러운 마음이 들기는 했다. 엄마가 없으니 저렇게 맥이 없구나, 하는. 하지만 말없는 식사 시간이 계속되면 가슴속에서 부글부글 무언인가 끓어올랐다.

내가 왜 쟤 때문에 매어있어야 하지?

하지 않아도 될 밥을 해야 하고!

남편은 외식에 아들들도 저녁 도시락까지 싸가지고 갔는데?

그렇다고 큰어머니라고 다정하게 쳐다보기를 하나, 웃기를 하나.

쟤만 아니라면!

다 늦게 웬 고생이냐고!

그런 말이 되는 대로 입 속을 맴돌았고 결국 나중엔 소리라도 꽥 지르고 싶어졌다. 엄청난 인내심으로 그렇게 하진 않고 대신 밥을 후딱 먹어치우고 먼저 일어나 버리지만.

물론 그런 생각엔 억지가 많다. 계영 때문에 밥을 한 것이 아니라 그녀가 그날은 외출할 일이 없었다. 남편이 저녁을 먹고 들어오는 날을 맞추어 자신도 약속이 있어주면 좋겠지만 그렇지 않았던 것뿐이다. 어차피 간소하게든 거창하게든 저녁은 해먹어야 했다. 문제는 계영과 둘이만 되는 게 거슬린 것이다.

조용한 아이와 하는 침묵의 식사. 그 시간이 그녀를 몹시 답답하게 만들었고 답답함이 때론 방향 없는 분노로 변하기도 했다. 비록 아이 앞에서 폭발하지 않았더라도 온몸에서 뿜어져 나오는 폭발의 전조까지 없애지는 못했다. 분노를 억누른 빠른 식사는 수저가 그릇에 부딪는 소리로, 벌떡 일어나는 서슬에 의자가 바닥에 긁히는 소리로, 그릇이 개수대에 들어가며 뒹구는 소리로 모습을 바꾸어 충분히 방출되었고, 계영은 그걸 온몸으로 느꼈다.

사실 외출할 일이 있으면 별 고민 없이 혼자 두고 나갔다. 그런 때는 계영이 라면도 끓여먹을 수 있고 밥을 챙겨먹을 수도 있었다. 말만 해놓고 나가면 되었다. 단지 신경이 좀 쓰인 걸 달래는 착각하고 있었던 것이다. 신경이 좀 쓰인 걸 크나큰 희생으로.

다른 사람들이 계영을 혼자 두고 나왔냐는 소리를 듣고 싶지 않았는지도 모른다. 그 소리를 들을까 미리 신경이 곤두섰는지도. 조카를 알뜰살뜰 살피는 큰어머니로 보이고 싶었는지도.

아무리 망나니라도 망나니라 불리는 건 사양하고 싶은

게 인간이니까. 어떤 일을 하든 어떻게 생겨먹었건 인격은 챙기고 싶어 하니까. 누구나 자기의 인격은 성인군자라 사람을 때려죽인 자도 사람으로 대접받고 싶어 하니까.

그래서 세상엔 손상당하지 않은 인격은 없을 지도 모른다. 맑으면 맑은 대로, 두꺼우면 두꺼운 대로 각자의 인격만큼 받아들이고 나머진 모두 상처가 되는 게 아닐까.

알고 보니 그녀 마음만 있었다.

그녀의 수고와 희생만 생각했다. 계영의 마음은 살피지 않았다. '희생'한다는 마음으로 똘똘 뭉친 사람의 그늘 아래 산다는 것이 또 다른 '희생'이 될 수 있다는 걸 알지 못했다. 아니 알고 싶지도 않았다. 도무지 여유가 없었던 마음으로 다른 무엇을 살필 수 있었을까. 온통 자신의 '희생과 수고'에 대한 생각만으로 꽉 찼던 마음. 가끔 기적같이 연민이 생기는 순간도 있었다. 하지만 안됐다는 생각이 드는 순간 뜨거운 감자를 놓아버리듯 놓고 돌아섰다.

왜 그렇게 마음 살피는 걸 두려워했을까.

그저 몸으로만 하던 수고도 그가 대학에 들어가면서 사실상 끝이 났다. 기숙사에 들어갔기 때문이다. 그렇게 집을 떠난 계영을 달래는 거의 보지 않고 지냈다. 가끔 전화가 왔지만 집으로 오지는 않았다. 아니 올 수가 없었는지도 모른다. 전화만으로도 충분히 어색했으니까. 안부인사가 오고 가고 나면 한동안 침묵이 이어지는 전화. 의무로 하는 건 알겠지만 전화조차 편치 않았다. 그리고 다니러 오란 말은 더구나 나오지 않았다.

수화기를 들었을 때 계영이란 걸 아는 순간, 가슴이 답답했다. 과거의 침묵의 식사 시간이 한달음에 날아와 그녀의 가슴을 차지해버리는 것 같았다. 그러면 그 시절의 감정이 너무나 생생하게 느껴져 얼굴까지 화끈거렸다. 그러니 인사로도 놀러오란 소리가 나오지 않았다.

반기는 사람이 없는 곳의 방문. 예의를 갖추고 싶어도 그것은 힘들었던 모양이었다. 계영도 일이 있어 부르지 않는 이상 큰집을 찾지는 않았다. 계영이 그렇게 멀어지는 건 아주 자연스러웠다. 10년을 같이 살았다는 것조차 까마득하게 멀어졌다.

그런데 낙원의 태도는 참 의외였다. 계영의 독립에 달래만큼 자연스러웠다. 아니 그렇게 보였다. 자주 부를 것이다, 얼마나 자주 부를까, 은근히 하던 걱정은 그야말로 기우였다. 불러서 밥이나 같이 먹지, 라는 말도 한 번 하지 않았다. 집을 떠나던 날 깨끗이 지워진 것처럼 계영이 이야기 꺼내지도 않았다. 물론 속마음까지야 모른다. 밖에서 만나는 지도. 달래가 없을 때만 전화를 하는 지도. 하지만 그건 상관없었다. 그게 불편할 건 없으니까. 눈에든 귀에든 걸리적거리지 않는 걸로 족했다.

계영은 명절에 고향에서 보는 게 고작이었다.

성수와 성민이 중학생이 되면서 거부했던 고향길에 계영은 계속 나타났다.

계영의 조부모와 부모가 묻혀 있는 곳. 달래에겐 시부모와 시동생 내외였지만 동서 외엔 살아생전 본 적이 없는 사람들이었다. 그러니 고향은 그저 남편 고향일 뿐, 아무런 감정 없이 의무로 오고 갔던 길.

여전히 표정 없었던 계영.

그렇게 가끔 보던 얼굴도 달래는 차츰 볼 일이 없어졌다.

언제부턴가 고향길에 낙원과 동행하지 않았기 때문이다. 환갑을 넘긴 달래를 두고 고향에서 무어라 잔소리를 해댈 어른도 없었지만 낙원도 자고 오는 일 없이 하룻길에 돌아와 버리곤 했다.

하긴 고향 어른이라고 해도 그저 성씨만 같은 일가. 낙원이 일부러 찾아가 인사를 하지 않으면 만날 일도 없는, 기다리는 사람도 없는 고향. 그런 고향을, 알뜰살뜰한 추억을 함께 나눈 가까운 친척 하나 없는 고향을 낙원은 명절마다 기어코 가곤 했다. 고향이 있어 가는 게 아니라 그렇게 해야 고향이 만들어지는 것처럼. 어쩌면 고향을 찾는다는 명목 아래 부모의 묘지를 찾고 싶었던 지도 모른다. 고향은 부모를 찾아가는 핑계였을 뿐인지도. 그렇게라도 부모를 버리고 떠났다는, 외롭게 두었다는 죄를 씻고 싶었는지도. 어쨌든 그곳은 부모가, 그리고 동생이 묻혀있는 곳이었으니까.

달래는 일찌감치 눈치를 챘다. 낙원에게 고향은 바로 부모의 묘지라는 걸. 묘지라도 알뜰살뜰 돌보고 싶었다는 걸. 그러면서도 그런 마음을 들키고 싶어 하지 않았다는 걸. 그 마음을 감추려면 '명절'이 꼭 필요했고 아무리 길이 막혀도 기필코 가야 했다는 걸.

그런 고향이었으니 '고향에서의 하룻밤'의 의미가 그만 퇴색되어 버린 게 아닐까. 그나마 그를 알던 어른들이 앞서거니 뒤서거니 세상을 등져 거의 남아 있지도 않은 고향이었으니까.

그래도 갈 때마다 계영을 보았던 건 분명하다. 하나밖에 없는 조카 이야기를 꺼내지도 않았고 달래도 묻지 않았지만 그게 바로 별일 없었다는 증거다. 아무런 이야기가 없다는 건 특별한 일이 없다는 것이니까. 계영이 여느 해와 다름없이 나타났다는 뜻이니까. 낙원의 평범한 표정은 평범한 고향길이었다는 표시이기도 했으니까.

계영이 참 잘생긴 청년이란 건, 그가 결혼할 것이라며 왔을 때 처음 깨달았다. 아니 정확히 말하면 결혼이 아니라 고향집을 쓸 수 있겠냐는 허락을 받기 위한 방문이었다. 신부될 여자가 아파서 우선 요양이 필요하다고 했다.

속리산 자락에 있는 고향집은 오래 아무도 살지 않아 폐가가 되어 있었다. 물론 집 상태는 계영이 달래보다 더 잘 알고 있을 터였다. 불편한 건 상관이 없고 그저 사람이 살 수 있을 정도로 간단한 보수를 하고 들어갈 거라며 허락만 해주면 알아서 하겠다 했다.

낙원이 결혼을 먼저 하지 동거부터 하냐고 좀 역정을 냈지만 별 힘도 없는 말이었다. 계영은 서른이 넘은 어른이고 낙원은 별 수 없는 노인이 되어 가고 있었다. 물어도 자세한 병명을 이야기하지 않아 결핵인가, 하는 짐작만 했었다. 요양하면 낫는다 했으니까.

계영의 얼굴은 밝았다. 행복해 보였다. 신부가 죽음 선고를 받았을 것이란 짐작은 할 수 없는 얼굴이었다. 낙원이 역정을 내도 웃으면서 들었다. 낙원답지 않게 같은 소리를 여러 번했지만 듣고 있던 계영의 대꾸는 '죄송합니다' 한 마디였다. 고향집을 쓰겠노란 설명이 끝난 뒤로 다른 이야긴 전혀 없었다.

저녁을 먹고 가라고 했지만 할 일이 많다고, 달래에게도 죄송하다고, 나중에 신부 병 나으면 같이 와서 먹겠다고 했다. 환한 웃음과 함께.

달래도 처음으로 아들을 보듯 웃으며 그를 보냈다.

그게 마지막이었다.

* * *

고향집을 찾았을 때 계영은 없었다.

안방문은 밖으로 잠겨 있었다. 열린 부엌문으로 들어가

방으로 통하는 쪽문을 밀었다. 쪽문은 걸려있지 않았다.

습한 냄새. 아직 더운 날씨인데도 냉기가 밀려나왔다.

낙원은 열려진 쪽문 앞에 잠깐 서 있었다. 그리곤 헛기침을 하더니 허리를 굽히고 방으로 들어갔다.

먼지와 쥐똥이 흩어진 부뚜막에 낙원이 벗어놓은 신발.

잠시 망설이다 달래도 그 옆에 신을 벗어놓고 방으로 들어갔다.

천장이 낮은 방은 지나치게 고요했다.

달래는 매미 울음소리가 그쳤다는 걸 깨닫는다. 그리고 그때까지 매미가 그악스럽게 울고 있었다는 것도.

좁은 방은 발자국을 뗄 때마다 나는 작은 소리까지 들릴 정도였다. 아니 양말만 신은 발소리가 들릴 수는 없었을 것이다. 그건 그냥 움직임을 소리로 오해한 착각인지도 모른다. 조용한 소리. 귀는 적막에 더 예민하게 반응하는 것 같았다. 소리 없는 외침. 달래는 울컥한다. 하지만 그 적막에 왜 울컥했는지는 모른다.

낙원이 벽에서 스위치를 찾아 눌러보았지만 전기는 들어오지 않았다.

선 채로 방을 둘러보았다.

눈은 금방 익숙해지고 사물이 점점 또렷해졌다. 밖의 햇살이 너무 강렬해서 그렇지 방이 그다지 어두운 것은 아니었다. 창호지를 바른 문으로 햇살이 부드럽게 스며들었다.

가재도구에 먼지가 희미하게 쌓여있었다. 그리고 벽에 걸려있는 액자에도. 처음 본 계영의 여자. 저 여자가 선혜구나. 머리카락 없는 신부와 나란히 선 계영을 보는데 몸에 소름이 돋으며 눈물이 핑 돌았다. 그리고 볼을 타고 흐르는 눈물. 갑자기 눈물 흘릴 자격도 없는 사람이란 생각에 낙원 몰래 얼른 눈물을 닦았다.

무심했다.

아직 결혼도 하지 않았는데,

가서 볼 필요까지 있을까,

먼저 인사를 온 것도 아니고,

인색하게 굴며 차일피일 미루었다. 그리고 병이 나으면 찾아오겠지 했다. 더 정직하게 말하면 계영이 다녀간 뒤, 달래의 심중에 계영의 존재는 없었다. 그가 기숙사로 들어가고 난 뒤처럼. 그래서 사실 시간이 그만큼 흘렀는지 깨닫지 못하고 있었다.

마음에 없는 시간은 빨리 흘렀다.

어영부영 시간은 흐르고 계영의 여자는 달래가 찾을 마음을 낼 때까지 기다려주지 않았다. 아니, 선혜에게 시간이 더 있었더라도 달래는 찾지 않았을지 모른다. 장애물이 없는 한, 흐르는 강물은 그 속도, 그 방향으로 그냥 흘러가는 법이니까. 그래서 달래의 무심한 강물도 계속 흐르던 쪽으로 흘러갔을 것이다. 별다른 계기가 없었으니까.

선혜의 죽음은 계영의 전화로 알았다.

몹시 놀랐다. 놀란 가슴이 이상하게 여겨질 정도였다. 걱정도, 아니 궁금해 하지도 않았지 않은가. 달래의 놀란 가슴과 달리 계영의 목소리는 담담했다. 당분간 속리산 집에 가 있을 거라며 차분하게 할 말을 하고 전화를 끊었다. 그 목소리도 그때가 마지막이었다.

변명을 좀 하자면 그 집엔 전화가 없었다. 전화가 있었다면 한 번 쯤은 전화를 했을지 모른다. 그녀가 있을 때. 선혜가 살아있을 때. 그래서 목소리라도, 선혜의 목소리라도 들을 수 있었을지 모른다.

하지만 변명이 결코 아름다워질 수는 없다.

달래는 혼자 변명하고 혼자 변명을 포기한다.

더구나 선혜의 죽음을 알고도 미루었다.

계영은 혼자 다시 이 집에 들어왔다.

혼자서.

적어도 그때는 와 봤어야 했다.

늦지 않게 와야 했다.

그런데 또 미루었다.

그러다 찾은 집.

계영은 없다.

달래는 지금에야, 그들이 살던 방 안에 들어서서야 깊은 후회를 한다.

곳곳에 삶의 흔적만 생생히 남겨둔 채 주인들은 사라졌다. 마당엔 잡초에 묻힌 화초가, 길목엔 분명 그들이 심었을 가느다란 묘목이 줄지어 서 있었다. 물을 주지 않으면 오늘에라도 죽을 것처럼 바짝 마른 채.

집을 비운지 얼마나 되었을까.

그때부터였을까.

수돗가에서 물을 받아 묘목에 주면서, 그런 생각이 들었을까. 소리까지 내면서 물을 빨아들이던 마른 땅이 그녀의 마음을 흔들었을까.

한 번도 시골 생활을 그린 적이 없었다. 성묘를 올 때마다 빨리 마치고 가고 싶은 생각뿐이었다. 모기한테 뜯기는 것도 싫고 햇볕에 그을리는 것도 싫었다.

그러나 그날,

달래는 오랫동안 정성껏 물을 주었다.

마치 날마다 소중하게 물을 주고 가꾸어 왔던 것처럼.

이미 잡초에 묻혀 화초인지 채소인지 알아보지도 못할 마당 가장자리 밭에도.

낙원은 그런 달래를 보고만 있었다.

먼지가 앉은 마루에 앉아서.

낙원

뜻밖이었다.

달래가 전원생활이라니.

여행을 가도 산천초목엔 별 흥미가 없었고, 성묘를 가서 하루 시골집에서 자고 오는 것도 불편해 했던 여자였으니 당연했다. 달래가 속속들이 도시 여자인 걸 모르고 결혼한 것도 아니어서 낙원은 탓할 마음도 다른 기대도 하지 않고 살았다.

그녀는 서울에서 태어나 당시 여자로선 드물게 고등교육을 받았고 결혼하기 전까지 초등학교에서 교편을 잡았다. 처가는 농사를 짓는 집도 아니었고 그래서 흙과 친할 기회도 없었겠지만 결혼 초엔 나물도 뜯을 줄 모르는 그 모습이 색달라서 매력적으로 보이기도 했다. 그랬다. 여자라면 당연히 척척 알아서 나물 캐고 반찬을 만들 줄 알 것이란 관념을 뒤엎은 달래의 모습이 신선했던 시절도 있었다. 언제부턴가 신선함이 불만으로 변색되어 버리긴 했지만.

하여튼 낙원은 은퇴를 하고 나서도 그런 꿈은 꾸지 않았다. 전원생활이라든가 낙향이라든가 하는. 무엇보다 낙원 자신도 농사꾼 집안에서 태어나 자라긴 했지만 일찍이 고향을 떠나 도시에서 공부를 하고 직장을 구해 살았기 때문에 시골 생활은 달래만큼 까마득하기도 했다.

아득하게 멀어져버린 곳.

떠나는 순간 그리움조차 묻어버린 고향.

그리움을 묻어버리지 않았다면 견디지 못했을 지도 모른다. 그 고독했던 도시 생활을.

기댈 곳이 전혀 없었던 낯선 타지.

그 추운 길을 어떻게 걸어 나왔을까.

무엇이 그를 어린 나이에 고향을 떠나게 했을까.

그런 용기의 원동력은 어디에 있었을까.

피나는 노력의 결과인지, 아님 운명이나 행운의 작품인지 알 수 없지만 그는 고향 마을에선 난 인물이었다. 그 마을에서 처음으로 도시로 나가 신식 고등교육을 받은 사람이기도 하거니와 처음으로 농부를 벗어난 사람이기도 했다.

다시 돌아와 살 것이란 생각을 해본 적이나 있었던가.

그리움이 사라져버린 고향.

사실은 사라져버린 게 아니라 스스로 장막을 친 것이었다.

도시로 나가 성공한 사람이었던 낙원에게 고향은 상처

였다. 상처를 인정하는 순간 성공은 실패로 돌아가고 만다. 그의 인생이 실패가 되는 것이다. 결코 인정할 수 없었다. 인정한 뒤에 닥쳐올 아픔이 얼마나 클 것이라는 걸 그의 무의식은 똑똑히 알고 있었으니까.

선천적으로 벙어리였던 그의 부모.

소리 없는 집.

늘 바람소리, 새소리가 주인 노릇을 하던 곳.

동네 사람들이 그런 말을 했다. 저 집은 애들까지 울지도 않는다고. 부모가 못 듣는 걸 알고 있는 것 아니냐고. 틀린 말은 아니다. 동생들은 잘 울지 않았다. 뿐만 아니라 사람을 보면 손이 먼저 올라갔다. 입으로 한창 소리를 낼 나이였지만 손이 더 분주했다. 물론 말은 할 줄 알았다. 동생들에겐 낙원이 있었으니까. 말을 할 줄 아는 오빠가 있었으니까. 오빠가 부르면 소리 내어 대답하고 마을에 나가면 다른 아이들과는 곧잘 떠들었다. 하지만 집에선 조용했다. 거의 소리 없이 놀았다. 그건 낙원이 입을 다물고부터였다. 언젠가부터 말이 없어진 오빠. 부모 대신 말을 하고 동생들과 놀아주어야 했지만 그러지 않았다.

벙어리집 맏이라 불렸던 낙원.

낙원은 그 말을 어떻게 받아들이고 살았을까.

그 말이 상처가 되었을까.

그래서 입을 닫은 것일까.

남과 다른 부모를 가졌다는 걸 알고 난 뒤부터였을까.

남다른 부모가 남다른 수고를 했다는 걸 알았다면 달라졌을까.

맏아들의 입과 귀를 틔우기 위해 날마다 업고 마을로 갔고, 아이들 노는 틈에서 그를 업고 서성이고, 염치불구 남의 집 마루를 차지하고 앉아있다 오곤 했던 부모의 수고를 알았다면 달라졌을까.

그런 힘겨운 상황에서 그를 키워낸 부모였다.

낙원의 할 일이 눈에 보인다.

집안의 맏이로 동생들에게 말을 가르치고, 부모의 손발 노릇을 하는 것.

그게 사람의 도리가 아닌가.

세상의 잣대는 그런 요구를 할지도 모르겠다.

벙어리 부모의 소리 없는 바람도 그랬는지 모르겠다.

하지만 모든 아이가 세상의 잣대대로, 부모의 바람대로 자라주지는 않는다. 낙원은 어렸고, 나름의 욕구가 있었고, 욕구에 부응하지 못하는 환경에 불만이 커져가는 아이였을 뿐이다. 그는 남들처럼 말을 할 줄 아는 부모를 원했다. 어디서나 큰소리로 불러주고 부르면 대답해주는 부모를.

부모를 선택할 수 없고, 불평해봐야 소용없다는 좋은 말씀을 누군가 해주었다 해도 알아듣지 못했음이 분명하다. 기껏 열 살 먹은 아이가 그런 세상이치를 깨달을 수 있었다면 그게 더 이상할 것 같다.

낙원은 소리 없는 부모가 불만이었다. 그 불만은 자신도 거의 말을 하지 않는 것으로 표현되었다. 네 살, 여섯 살이던 두 어린 동생들이 홍역으로 차례로 죽었을 때 낙원은 완전히 입을 닫았다. 말 할 필요가 없어져버렸다고 해야 맞겠다. 하지만 낙원의 문제는 그게 아니었다. 말을 할 대상이 필요했다면 차라리 다행이다. 대상을 찾는 건 그다지 힘든 것도 아니었으니까.

아이 걸음으로도 삼사십 분 남짓이면 이웃 마을에 갈 수가 있다. 마음먹고 가자면 하루에 몇 번이라도 갈 수 있는 거리다. 그러나 낙원은 이웃 마을에도 가지 않았다. 벙어리집 맏이, 란 소리가 싫었다. 특별히 자의식이니 뭐니

하는 말을 들먹이지 않더라도 듣기 좋았을 리는 없을 것 같다.

마음의 문이 점점 좁아지고 있다는 걸 깨닫기엔 너무 어리고 어리석은 시간이 말없이 흘러갔다. 동네 사람들 눈길이 무조건 싫어졌고 그래서 스스로 고립되어 가고 있었다.

두 동생들이 죽은 다음 해에 막내 순원이 태어났다.

그래도 순원에게 말을 가르친 사람은 낙원이었다. 뭐 거창하게 언어 교육을 시켰다는 뜻은 물론 아니다. 적어도 동생에게는 소리를 내어 말을 했다. 형의 의무라 생각했는지, 아님 소리를 듣는 상대가 생겨 새로운 재미를 얻어서 그랬는지는 모를 일이다. 어쨌든 그건 낙원이 순원에게 해준 가장 큰 선물이었다 할 수 있겠다.

순원에게 낙원은 어떤 존재였을까.

부르면 대답하는 유일한 사람.

소리를 내어 순원을 부르는 사람.

어린 그에게 낙원은 우주였음이 분명하다.

하지만 그 우주는 그다지 오래 너그럽지 못했다.

순원이 제법 말을 하게 되면서 점차 또 입을 닫고 만 낙원.

동생의 질문에 마지못해 짧은 답만 하는 그의 마음은 무엇으로 채워져 가고 있었을까. 남과 다른 부모를 원망하는 마음으로 가득했을까. 아마도 그랬던 모양이다. 그러면 안 된다는 생각은 해보지 않았을까. 왜 해보지 않았겠는가. 하지만 사람은 자기중심적이기 마련이다. 그것이 생명을 가진 것들의 본능인지도 모른다. 더구나 자식이 아니라 부모 문제라면 더욱 참기가 어려워진다. 부모는 자식을 끝까지 참아내지만 자식은 부모만큼 참을성이 없다. 훗날 무한한 인내심을 요구할 그의 자식을 위해 비축하는 것인지 모르겠지만.

하여튼 의논 상대도 없이 한 생각에 빠져 버린 사춘기의 소년.

그래도 그가 생각해낼 수 있는 모든 해결방법을 동원해 보았음에 틀림없다. 그 나이에 그런 결정을 내리는 것도 쉽지 않으니까. 그런 용기를 내는 것도. 그 결정이 가족과 자신에게 모두 좋은 해결책이 되어 주지 못했다는 것이 문제였을 뿐.

삶에 의문이 많은 사람이라 해도, 아무리 환경에 불만이 많은 사람이라 해도, 나서 자란 곳을 떠나 생면부지의 땅으로 홀로 나서는 덴 엄청난 용기가 필요하다. 더구나 경제력도 배운 것도 없는 어린 나이에.

그런 무서운 결심을 하게 되기까지, 그대로 눌러앉을 이유를 수도 없이 찾았을 것이다. 그 이유 속에 어린 동생이, 벙어리 부모가 왜 들어있지 않았겠는가. 그러나 그 모든 것을 뛰어넘을 정도로 깊었던, 마음의 병.

늘 답답했던 그의 가슴.

그냥 눌러두기엔 너무 팽팽해져버린 불만들.

어떤 식으로든, 어떤 방향으로든 새어나가지 못하면 폭발하는 방법밖에 없다. 그 전에 극복을 해야 했다. 하지만 불만은 너무 팽팽했고, 그래서 마음엔 다른 생각이 끼어들 틈이 없었고, 좁은 틈으론 깊은 생각이 자랄 수가 없었다.

그래서,

팽팽했던 가슴은 결국 집을 떠나는 걸로 폭발하고 말았다.

그 일을 두고,

낙원의 가면적 의식은 그렇게 항변했다.

산골이 답답해서 떠난 것이라고. 그곳에선 할 수 있는 일이 없었다고. 다른 야망이 있었고 다른 인생을 살고 싶었다고. 틀린 말은 아닐 것이다. 그 속에 자기변명이 꽤 들어있다는 것만 빼곤.

산골이 답답했던 게 아니라 부모가 답답했다. 아니 그 집이 답답했다. 좀 더 정확히 말하면 그를 둘러싼 환경 자체를 부정하고 싶었다. 그는 그 적막에 깔려 죽을 것만 같았다. 벙어리 부모를 인정하고 싶지 않았던 건지도 모른다. 할 수만 있다면 차라리 고아가 되고 싶었던 건지도.

도시로 나가 힘들게 공부를 마치고 원하던 직업을 얻었다.

결혼하고 싶은 욕심나는 여자, 달래를 만났다.

결혼 말이 오고갔다.

그때까지 그는 달래에게 부모 이야길 하지 않았다.

물론 부모의 존재를 부정한 건 아니다. 벙어리라는 걸 밝히지 않았을 뿐이다. 밝히지 않겠다는 결심이 있었던 것도 아니다. 그냥 가는 데까지 밀고 나갔을 뿐이다. 알게 될 때까지 미리 말하고 싶지 않았다. 하지만 그 때문에 사실 결혼은 신속하게 진행되지 못하고 있었다.

신부의 부모를 뵈었으면, 일사천리로 결혼이 진행되어야

했다.

자유로운 연애도 드물던 시절, 결혼할 남자가 신부집까지 인사를 다녀갔다. 누가 봐도 결혼이 코앞에 다가왔다는 증거다. 마땅히 고향집에 신부를 소개하고 허락을 받는 절차가 있어야 했다. 비록 형식적인 허락이 될지라도. 그런데 낙원의 일처리는 더디기만 했다. 직장일이 자꾸 걸리고 고향에 가려면 다른 문젯거리가 생겼다. 같은 일에 문제가 여러 번 생긴다는 건 핑계일 확률이 높다. 정말 중요한 일 앞에선 문젯거리조차 문제가 되지 않는 법이다. 그나마 신부 집에서 낙원의 변명을 믿어준 것이 다행이라 해야 하겠다.

그 다음 일어난 일도 다행이라 한다면 잔인할까.

낙원의 부모는 며느리 될 여자가 인사갈 날만 기다리고 있는 동안 차례로 세상을 떠났다. 그래서 달래는 결국 시부모를 보지도 못했고 물론 벙어리였다는 것도 몰랐다. 낙원은 또 그렇게 항변한다. 사실을 밝히지 않은 게 아니라 그럴 필요가 없어진 거라고. 이미 세상에 안 계신 부모다. 볼 일도, 인사를 갈 일도 없어졌는데 굳이 말할 필요는 없었다고.

물론 거기에도 엄청난 자기변명이 숨어있다.

인정하기 싫다 해도 어쩔 수 없다. 한 번 나온 의식은 사라지지 않으니까. 기억의 깊은 창고엔 그의 모든 의식이 고스란히 쌓여있다. 진실하지 못했다는 죄책감과 함께.

낙원은 어머니가 위독하다는 전보를 받고야 부랴부랴 고향에 내려갔다. 물론 아직 결혼 전이니 달래를 데리고 갈 필요는 없었다.

어머닌 낙원을 알아보지 못했다. 몸이 미라처럼 말라서 산 사람 같지 않았다. 늘 속이 좋지 않다고 했다. 먹어도 소화가 잘 되지 않아 오랫동안 고생을 했다. 요즘 같으면 마땅히 병원엘 가고 입원을 했을 병이겠지만 그때는 병이 웬만큼 깊어도 병원을 찾는 일은 드물었다. 평생을 병원 한 번 가지 않고 사는 사람이 더 많았으니까.

하지만 낙원은 그렇게 말하면 안 되는 사람이었다. 그는 도시에 살고 있었고 서양 의학의 효능에 대한 지식도 있었고 필요하면 어머닐 병원에 모시고 갈 능력도 있었다.

그런데 하지 않았다.

산골의 시간도 어김없이 흘렀고 어머닌 낙원이 내려가고

이틀이 지난 날 정오 무렵 숨을 거두었다.

장례는 성대히 치렀다.

어머니의 상.

결혼은 자연스럽게 미루어질 수밖에 없었다. 그리고 또 두 달 후, 이번엔 부고 전보를 받았다. 아버지가 세상을 뜬 것이다. 아버진 아무도 없는 집에서 혼자 죽음을 맞이했다.

* * *

폐가 같았던 집은 계영이 살았던 흔적 덕분인지 사람 사는 냄새가 남아 있었다.

그리고 모깃불처럼 피어나는 회한.

순원의 유일한 피붙이며 순원 대신이기도 했던 계영.

계영은 어디로 갔을까.

돌아올까.

〈당신, 여기 들어와 살까?〉

망연히 앉아 있던 낙원은 무슨 소리인지 못 알아들었다.

〈물 줄 사람도 없고…….〉

수돗가와 마당을 오가며 잡초밭인지 화초밭인지도 모를 곳에다 한참동안 물을 주던 달래가 물 묻은 손을 털며 낙원을 바라보았다. 낙원도 그녀를 마주 보았다. 농담 같지 않은 표정.

놀랄 일이다.

낙원이 아무 대꾸도 하지 않는 사이에 그녀는 성큼성큼 걸어와 낙원 옆, 먼지투성이 마루에 털썩 걸터앉았다. 더구나 그녀답지 않다. 낙원도 앉기 전에 잠깐 망설였던 마루였다. 마땅히 닦아낼 거리를 못 찾아 그냥 앉고 말았지만. 앉으면서 달래의 잔소리도 예상했었다. 먼지 구덩이에 그냥 앉으면 어떡해요? 라는. 그런데 달래는 잔소리는커녕 망설임도 없이, 낙원이 말릴 새도 없이 앉아버렸다. 낙원이 놀란 눈으로 달래의 엉덩이가 닿은 먼지투성이 마루를 내려다보았다. 하지만 달래의 눈길은 마당에 있었다.

마당을 보면서 그렇게 말했다.

〈집은 새로 지어서 들어와야겠지요.〉

시간의 그림자

　유일한 피붙이였던 동생 순원의 존재를 달래는 결혼할 때까지 몰랐다.

　낙원은 동생 이야기도 하지 않았다. 낙원이 집을 떠날 때 겨우 일곱 살이었던 순원. 어쩌면 부모보다 순원이 받았던 충격이 더 컸을 지도 모른다. 외따로 떨어진 집이라 가까이 친구도 없었고 그나마 말상대가 되어 주었던 형이 떠난 것이다.

　낙원이 집을 떠난 것보다 더 나빴던 것은 거의 고향을 찾지 않았던 것. 비록 집을 떠나 있었더라도 어떤 식으로든 관심을 기울이고 보살펴야 할 어린 동생이었다. 그는 순원이 어떻게 살았는지, 어떤 생각을 갖고 있었는지, 어떻게 집을 떠나게 되었는지 모른다. 하지만 분명한 건 낙원처럼 어떤 뚜렷한 목적의식이 있었던 건 아니었단 점이다. 적어도 낙원은 집과 연락이 닿을 수 있는 일정한 곳에 있었지만 순원은 아니었다. 정말 그냥 가출이었다. 연락도 없었고 아무도 순원의 행방을 몰랐다.

벙어리 부모.

말 못하는 가슴이 어떠했을까.

자식을 넷이나 두었지만 두 형제는 어린 나이에 집을 떠났고 또 둘은 그보다 더 어린 나이에 죽었다. 낙원과 순원 사이에 있었던 두 딸은 홍역을 앓다가 며칠 간격으로 죽어버렸다. 낙원이 먼저 홍역을 앓았는데 두 동생들이 따라 누웠고 낙원만 살아남았던 것이다. 그리고 그 다음 해에 순원이 태어났다.

낙원은 열 살 이후의 순원의 얼굴은 모른다. 고향을 떠난 지 3년 만에 내려갔을 때 본 게 마지막이 되어 버렸다. 순원은 사흘 밤 내내 낙원의 허리를 감고 잤다. 잠이 들어 팔이 스르르 풀렸다가도 몸을 뒤척이면 다시 팔에 힘을 주며 감겨들었다. 떠나오는 날 가지 말라고 많이 울었다. 부모의 울음은 소리가 없었지만 순원의 울음소리는 길을 내려오는 내내 멀리까지 따라왔다.

전문학교에 합격하고 고향집을 찾았을 때 순원은 없었다.

오겠지.

오리라 믿었다기보다 그렇게 믿고 싶었다.

부모가 찾아보라고 손짓으로 하는 말을 손짓 대답만 하고 찾는 노력은 하지 않았다. 정말 그럴 시간도, 정신도 없었다. 일도 해야 했고 학교도 다녀야 했다. 늘 전쟁 같았던 시절이었다. 그건 정말 변명이 아니다. 홀로 상경한 시골 소년이 누구의 도움도 없이 기적을 이루고 있는 중이었으니까. 닥치는 대로 일을 하고 미친 듯이 공부를 해야 했으니까. 제 앞가림을 하기도 급했으니까.

하지만 비난을 피할 완벽한 변명 또한 없는 법이다. 자신의 미래 외엔 눈에 들어오는 것이 없었다는, 장남의 책임까지는 아니더라도 인간의 도리도 잊어버렸다는, 너무 이기적이 아니었는가, 라는 비난이 또 가능하지 않겠는가.

인간 세상에서 비난과 변명이 싸운다면 끝없는 싸움이 될 것임에 분명하다. 끝을 보고 싶다면 시작도 하지 않는 방법 외엔 없으리라.

* * *

그날,

순원을 다시 만났다.

결혼을 하고 성수, 성민이 중학생이 되었을 때였다.

제수씨 손에 이끌려 직장에 나타난 일곱 살의 계영.

계영을 보는 순간 그대로 순원이 되살아났다. 아득한 기억의 저편에 있던 순원은 훌쩍 세월을 뛰어넘어 낙원의 눈앞에 서 있었다. 순원에 대한 죄책감이 처음으로 의식 밖으로 생생하게 드러났던 순간이기도 했다.

계영은 엄마 손을 잡은 채 낙원을 빤히 쳐다보았다.

그 눈길에 대책 없이 눈물부터 쏟아졌다. 홀로 도시로 나온 이후 누구 앞에서도 울어본 적이 없었다는 생각이 눈물과 함께 났는데, 볼을 타고 흐르는 생소한 그 느낌에 너무 당황해서 계영을 안아보지도 못했다. 낙원은 한참동안 그들을 외면하고 돌아서서 흐르는 눈물을 닦아야 했다. 울면서도 편히 울지 못하는 그의 마음이 얼마나 억압되어 있었는지 그때는 몰랐다.

순원의 여자, 미리를 통해 비로소 끊어져버렸던 순원의 행적을 알게 되었다. 그리고 죽음까지도. 낙원은 순원의 소식을 몰랐지만 순원은 그의 행적을 알고 있었다는 것까지도.

원양어선을 탔던 동생은 낙원의 직장을 미리에게 말해두었다.

알 수 없는 사람의 미래. 더구나 선원. 자기가 없으면 의지할 데 없어질 처자에 대한 배려였는지도 모른다. 미리는 친정이 없다. 부모가 누구인지도 모른다 했다. 순원이 머물곤 하던 항구 여관에서 일을 하던 여자였다. 아주 어릴 때부터 그곳에서 일했지만 어떻게 오게 되었는지 몰랐다. 아는 거라곤 부모도 형제도 없다는 것. 아니 모른다는 것.

미리는 순원을 만나 계영을 낳고 드디어 가족이 생긴 셈이다.

그런데 그 가장이 또 사라졌다.

하지만 낙원의 생각처럼 순원의 죽음에 정말 막막해진 미리가 어쩔 수 없이 낙원을 찾았던 건 아니었다. 순원의 가족을 만나고 싶었던 것뿐이다. 그게 가장 큰 이유였다. 어릴 때부터 해오던 일이라 마음만 먹으면 얼마든지 일도 다시 구할 수 있었고 생활비가 당장 급한 것도 아니었다. 정말 급한 게 있었다면 장례 문제 정도였다. 풍랑에 쓸려

간 시신은 결국 돌아오지 못했지만 집에 순원의 잘라놓은 머리카락과 손톱 발톱이 있었다. 선원들은 그렇게 한다면서 깎은 손톱, 발톱과 자른 머리카락을 봉투에 넣어 서랍에 넣어 두었다.

'미리야, 이렇게 해두면 오래 산단다.'

그 말을 하며 봉투를 흔들어 보였고 미리가 보는 앞에서 서랍에 넣었다.

미리는 알고 있었다.

순원이 얼마나 형을 기다리고 있었는지.

왜 몰래 알아보기만 하고 만나지 않느냐 물었을 때,

보고 싶지 않다고.

자기도 버리고 부모도 버리고 떠난 형인데 왜 찾느냐고.

형을 보러 가는 일은 없을 거라고.

절대 자기가 보러 가지는 않는다고.

결심하는 얼굴을 보고 알았다.

형이 찾아와 주기를 기다린다는 걸.

어릴 때처럼 형을 기다리고 있다는 걸.

자기를 버린 게 아니라 성공을 위해 도시로 갔고 출세해서 찾아와 주리라 믿고 싶었던 거라고.

배를 타고 나갔다 몇 달 만에 돌아오면 꼭 묻는 말이 있었다.

'뭐 별다른 소식은 없지?'

미리는 부모 형제가 없고, 순원도 그의 말대로라면 부모 형제도 없는데 도대체 그가 기다리던 '별다른 소식'이 무엇이었을까. 미리는 알 수 있었다. 사랑하는 사람의 마음은 아무리 깊이 숨겨놓아도 찾아지는 법이다. 그가 그리워하는 게 같이 그리워지는 법이다.

만나지도 않으면서 왜 직장을 알아보았냐고 했을 때는 그렇게 말했다.

'혹시, 혹시라도 내가 잘못되면 말이다. 미리 네가 도움받을 데가 한 군데는 있어야 하지 않나 싶어서.'

그 말은 어느 정도 사실이었다 생각한다.

형을 그리워하는 자기 마음을 드러내지 않은 것만 빼면.

낙원 앞에 나서지 못한 바람에 고향에도 몰래 갔던 순원.

순원은 아버지 어머니 장례식에도 갔었다. 거기에서 형도 보았다 했다. 결혼하기 전, 그녀가 일하는 여관에 단골손님으로 드나들 때 들은 이야기다. 설렁설렁 남의 이야기하듯 해서 미리도 그땐 설렁설렁 마음에 두지 않고 들었다.

하지만 그런 것들이,

그가 무심하게 했던 이야기들이,

나중엔 그냥 들리지 않게 되었다.

계영이 태어났을 땐, 마음이 그대로 드러나기도 했다.

'사촌형들이랑 나이차가 많이 나네.'

바보 같았다. 넋 놓고 좋아하는 얼굴이 그렇게 보였다. 순원은 갓 태어난 아기를 하염없이 보았다. 그 눈빛이 얼마나 측은했던지.

그날 미리는 똑똑히 깨달았다. 순원이 정말 형을 그리워하고 있다는 것을. 정말 만나고 싶어 한다는 것을. 그리고, 계영을 형에게 보여주고 싶어 한다는 것을.

낙원을 찾는 건 순원이 그녀에게 남긴 숙제였던 셈이다.

그리고 마침내 숙제를 해결했다.

비록 늦었지만.

순원이 빠진 안타까운 만남이었지만.

낙원은 기꺼이 도움의 손길을 주었고 미리는 고분고분 낙원이 하는 대로 따랐다. 계영에게 큰아버지와 큰어머니, 사촌들이 생기는 일이었다. 그건 순원뿐 아니라 미리의 소망이기도 했으니까. 순원의 빗나간 고집 속에 묻혀 있었던.

　낙원은 조카 모자를 자신의 동네로 집을 옮기게 하고 달래에게도 인사를 시켰다. 달래는 순원의 존재에 별로 놀라지 않았다. 아마도 들은 말이 있었을 것이다. 어차피 볼 일도 없고, 보지도 못한 시동생이란 존재가 자신과 별 상관이 없다 여겼는지 자세하게 물어보진 않았지만.

　결혼한 지 10년이 훨씬 넘었고 성묘를 간 횟수는 그보다 더 많았다. 고향 사람들 입을 다 막을 수도 없지만 막을 노력은 하지 않았다. 드러내놓고 설명할 마음이 없었을 뿐이지 굳이 숨길 의도는 없었다.

　아니, 사실은 자연스럽게 알게 되기를 바라고 있었던 지도 모른다. 그게 달래를 대하는 낙원의 태도로 굳어지고 있었으니까. 자랑스럽지 않은 집안 문제를 드러내놓기도 싫었지만 거짓말로 감싸는 비굴함은 더 감당하기 싫었다. 그게 자존심을 지키는 낙원의 방식이었다. 속이지 않았으니 몰랐던 건 네 탓이다, 라는.

　진심을 드러내지 못하는 자신의 문제를 누군가의 탓으로 돌리는 방식. 가장 가까운 사람에게 칼을 들이대는 가장 어리석은 방식. 그렇게 낙원은 많은 사람이 저지르는 잘못된 길을 따라가고 있다는 걸 깨닫지 못하고 있었다.

그런 착각 속에서 달래에게 의논도 없이 계영 모자를 곁에 두었다.

시부모도 시동생도 보지 못한 달래는 그렇게 동서와 조카를 만나게 된 것이다.

계영

밥공기엔 밥이 수북하다.

큰어머니가 퍼 주는 밥은 계영에게 항상 너무 많았다.

하지만 아무 소리 없이 숟가락을 들고 밥을 먹기 시작한다. 먹기 시작하자 고개도 들지 않는다. 오직 밥 먹기에 골몰한다. 배가 고팠던 것인가. 그런데 좀 이상하다. 밥만 퍼

먹고 있다. 반찬은 가끔 곁들일 뿐이다. 그것도 가까운 곳에 있는 반찬만. 그리고 배가 고팠던 것 같지도 않다. 열심히 먹긴 하지만 입이 달아보이진 않는다. 먹는 즐거움에 흡족해진 표정이 아니다. 어떻게 보면 괴로운 약을 삼키듯 밥을 삼키고 있다.

그렇다. 지금 계영은 배가 고픈 건 아니다. 밥맛도 잘 모른다. 머릿속엔 오직 한 가지 생각뿐이니까. 남기지 않아야 한다. 그리고 될 수 있으면 빨리 먹어야 한다. 할 수 있다면 큰어머니만큼 빨리. 반찬은 되도록 줄여야 해. 밥만으로도 배가 너무 불러지니까.

딱 한 번, 밥이 많다고 말한 적이 있다.

엄마가 돌아가신 그 해였다. 그런데 도무지 그날이 언제였는지는 모르겠다. 계절조차 불분명하다. 분명한 건 그 해를 넘기지 않았다는 것뿐. 왜냐하면 아직 3학년이었다는 건 확실히 기억나니까.

4학년이 되었을 때, 담임선생님이 계영을 조용히 불러 '너 큰아버지 집에서 사니?' 하고 물었으니까. 그리고 또 '밥은 잘 먹고 다니니?'라고도 물었는데, 계영은 큰어머니가 퍼 주던 불룩한 밥을 떠올렸고, 그 생각 때문에 한숨을 쉬었으니까. 왜냐하면 큰어머니께 밥이 많다는 말을 다시는 할 수 없다는 생각이 났기 때문인데, 그렇다면 분명히 '밥이 너무 많아요'란 말은 3학년 때 언젠가 했을 것이니까.

그런데 선생님은 계영의 한숨을 다른 의미로 받아들인 모양이었다. 눈을 크게 뜨고 계영의 어깨에 손을 얹고는 자기 얼굴을 보라 하더니 다시 이렇게 물었다.

〈큰어머니가 밥을 잘 안 주시니?〉

계영은 선생님보다 더 크게 눈을 뜨고

〈아니요, 아주 많이 주세요.〉

라고 큰소리로 대답했는데 그 소리에 선생님도 계영도 놀랐다. 계영은 자기 목소리가 너무 크게 나와서 놀랐는데 선생님은 왜 그렇게 놀랐는지 모르겠다. 역시 계영의 목소리가 커서였을까. 그건 아무래도 잘 모르겠지만 이번엔 선생님이 한숨을 쉬면서

〈그렇구나, 계영아. 큰어머니가 밥을 많이 주시는구나……. 그래도 혹시 힘든 일 있으면 꼭 선생님한테 말해야 한다. 알았지?〉

하는데 이상하게 선생님 얼굴이 몹시 걱정스러워보였다. 그때 아주 잠깐이지만 엄마 생각이 났다. 엄마와 하나도 닮지 않았는데 왜 선생님 얼굴을 보면서 엄마 생각을 했는지 모르겠다.

하여튼 그러니까 4학년이 되기 전에 '밥이 많다'고 한 적이 있었던 건 분명하다. 그날이 언제였는지, 여름인지, 가을인지, 겨울인지도 모르겠는데 그 순간의 식탁 장면은 또렷하다.

그날도 식탁엔 둘뿐이었다.

밥 먹어라, 하는 소리가 들리는 순간 계영은 얼른 식탁의 자기가 늘 앉던 자리에 가 앉았다. 큰어머니는 밥 먹어라, 불렀는데, 식구들이 조금만 늦게 와도 싫어했다. 어떤 날은 잔소리를 하면서 몹시 화를 냈다. 물론 계영이 직접 잔소리를 들은 적은 없었다. 큰아버지나 성수, 성민이 형한테 하는 잔소리였다.

'곧바로 오면 어디가 덧나니?'

'당신은 뭘 하느라 꼭 몇 번씩 불러야 와요?'

'힘들게 밥상 차리는 사람도 있는데 와서 먹는 것도 제때 못 먹니?'

하면서 곱지 않은 눈으로 보았다. 해서 계영은 큰어머니가 부르면 무슨 일을 하고 있건 바로 일어나 달려가곤 했다.

다른 날과 다르지 않았다. 언제나처럼 바로 달려가 식탁에 얌전히 앉았고 큰어머니는 밥을 푸고 있었다. 큰어머니는 밥을 푸기 전에 미리 와 식탁에서 기다리는 걸 좋아하신다. 밥을 푸고 있는데도 식탁에 사람이 없으면 꼭 나무라는 소리를 했다. 계영은 큰어머니의 잔소리를 주로 식탁에서 들었다. 그에게 하는 소리가 아니건만, 분명 그 자리에 없는 큰아버지나 형들에게 하는 소리지만 할 때마다 자기가 주눅이 들었다. 그래서 어쨌거나 식탁은 이래저래 주눅이 드는 자리였다.

둘이만 밥을 먹는 식탁도 어색하긴 마찬가지였다. 식구들에게 쏟아지는 잔소리 대신 침묵이 그 공간을 차지하기 때문이다. 다른 식구들이 없을 때 큰어머니는 거의 말을 하지 않았다.

계영은 고요한 식탁에 고요하게 앉아 시간을 기다렸다. 밥을 기다리는 것이 아니라 그 시간이 지나가기를 기다리는 것이다. 밥이 식탁에 놓이고, 밥을 먹고, 다 먹은 밥공기를 개수대에 담아놓고 식탁을 떠나는 시간을.

이윽고 큰어머니가 밥을 가득 푼 공기를 들고 돌아섰다.

그리고 밥공기를 계영 앞에 놓으며 한 마디 했다.

〈많이 먹어라.〉

그 말 때문이었을까. 처음 들은 말이었을까. 그것도 잘 기억이 나지 않는다. 하지만 그날은 분명 느낌이 달랐다. 마음이 참 편안해졌고 짧은 순간 엄마 생각이 났다. 엄마는 밥상에 마주 앉으면 꼭 그렇게 말했다.

'많이 먹어라.'

눈물이 나려했다. 편안한데 왜 눈물이 나려 했는지 그것도 참 모를 일이었다. 그래도 울지는 않았다. 계영은 엄마가 죽었던 날 외엔 큰어머니 앞에서 운 적이 없었다. 아니 큰어머니뿐만 아니라 누가 보는 데서 울지 않았다. 왜 그랬는지 모르겠지만 울고 싶을 땐 항상 아무도 모르게 울었다.

하여튼 엄마 생각이 나고 눈물이 나려했지만 꾹 참고 대신 큰어머니를 똑바로 쳐다보며 그렇게 말했다.

〈그런데 큰어머니, 밥이 너무 많아요.〉

계영이 한 말은 그것뿐이다. 그런데 그 말이 잘못되었을까. 나쁜 말일까. 아무리 생각해도 모를 일이었다. 계영의 눈앞에서 큰어머니의 표정이 순식간에 달라졌다. 그날처럼 큰어머니를 똑바로 보고 말을 한 기억도 없지만 그날처럼 눈앞에서 표정이 변해가는 걸 본 적도 없었다. 아니 그 후론 그렇게 바로 본 적이 없었으니 큰어머니의 표정 변화는 알 수가 없게 되었다.

〈그러면 남기든가.〉

큰어머니가 한 말도 그것뿐이다.

큰어머니는 의자를 소리 나게 빼고 앉더니 바삐 밥을 먹기 시작했다. 언제나처럼.

큰어머니뿐 아니라 큰집 식구들 밥 먹는 속도는 무지 빠르다. 계영은 쫓기듯이, 그들을 따라 먹느라 밥 먹는 게 늘 벅찼다. 더구나 항상 너무 많은 밥. 식탁에선 큰어머니 잔소리가 아니면 누구도 말을 하는 사람이 없고 그저 밥만 먹는 분위기에서 계영도 절로 먹기에만 바빴다. 어쩌면 그 밥이 정말 먹기 힘겨울 정도로 많지 않은 밥이었는지도 모른다. 다만 시간이 너무 짧았던 건지도. 계영은 어리고, 그곳엔 엄마가 없고, 왠지 주눅이 들고, 그래서 그들이 하는 대로 따라할 수밖에 없었는지도 모른다.

큰어머니가 평소보다 더 빨리 밥을 먹어치우고 식탁에서 일어나 거실로 가버렸고 계영은 몹시 허겁지겁 공기를 비웠다. 밥을 먹느라 반찬은 김치밖에 먹을 수가 없었다. 빈 공기를 개수대에 넣어두고 거실로 나오니 소파에 앉아 신문을 뒤적이고 있던 큰어머니가 물었다.

〈다 먹었니?〉

그 소리엔 화가 많이 빠져 있었다. 조금 전의

'그러면 남기든지'

와는 분명히 달랐다. 하지만 계영은 큰어머니를 바로 보지 못했다. 얼굴을 숙이고 '네' 대답만 하고는 자기 방으로 들어갔다.

그랬을 뿐이다.

그리고 그 후로 다시는 '밥이 많다'는 소리는 하지 않았다. 아니 어떤 요구도 하지 않았다고 해야 맞겠다. 주는 대로 먹고 하라는 대로 했다. 옷은 사주는 대로 입었고 입고 가라는 대로 입고 갔다. 음식에 대한 취향과 옷에 대한 취향이 그때 깡그리 말살되었는지도 모른다. 아니, 취향이란 단어 자체를 버렸을 지도.

엄마랑 먹는 밥이었다면 언제든 많다고 할 수 있고, 남길 수도 있었고, 얼마든지 오래 먹을 수도 있었다. 눈치를 볼 필요가 없었으니 밥이 많고 적고가 문제가 될 수 없었다. 언제, 어떤 말이든 할 수 있는 자유가 완전히 보장되어 있었으니까. 하지만 남기는 자유가 박탈된 식탁에선 밥이 많다는 것도 공포가 될 수 있었으리라.

계영에게 정말 그런 자유가 없었을까.

공포심은 정말 누군가로부터 온 것이었을까.

큰어머니가 그 소리를 듣는다면 어떤 표정을 지을까. 너무 기가 차서 아무 말도 할 수 없을 지도 모르겠다. 억울하다 못해 배신감을 느낄 지도.

충분히 그럴 수 있다. 큰어머니가 계영에게 밥을 다 먹으라고 강요한 적도, 남기지 말라고 한 적도 없다. 분명 그렇게 말한 적은 없다. 그렇다 하더라도 계영에게 생긴 공포에 대한 책임이 없어지진 않는다. 터무니없는 이유라 해도 이유 없이 생긴 공포가 아니니까. 의도하지 않은 돌이 의도하지 않는 쪽으로 날아가는 경우는 얼마든지 있으니까. 그리고 돌이 던져진 것은 분명하니까.

누군가가 밥을 남겼을 때 큰어머니가 식탁을 치우면서 하는 소리가 있었다.

'많으면 덜어놓고 먹든지 하지 이걸 누가 먹으라고.'

그러면서 남은 밥을 버렸다.

하지만 식구 누구도 큰어머니 말에 신경 쓰지 않았던 모양이다. 왜냐하면 그런 일은, 매일은 아니지만 끊임없이 있었으니까. 끊임없이 누군가 밥을 남겼고 큰어머니는 같은 말을 하면서 밥을 버렸다. 그런데 오직 계영만이 전전긍긍 밥그릇을 비우느라 애를 썼다.

잘못은 그들 모두에게 있었던 지도 모른다.

누구는 무심히 돌을 던졌고,

누구도 돌이 날아가는 방향을 살피지 않았고,

그들 모두가 계영의 처지에 무심했다는 것.

이해받지 못하는 세월이 한 아이의 몸과 마음에 상처를 내며 흘러갔고, 계영은 중학생이 되어서야 그 속도와 양이 아무렇지도 않게 되었다.

큰어머니 없이 혼자 밥을 먹는 때가 있었다.

그 시간이 얼마나 평화로웠던지.

아직 어른의 손길이 필요한 어린 나이에 혼자가 편하다고 느낀 아이.

서른이 넘도록 여자도 만나지 않고 더구나 결혼 생각도 없이 살았던 남자. 사람의 필요를 느끼지 못했던 남자.

사실은 그냥 사람이 아니라 사랑해줄 사람이, 사랑할 사람이 너무나 절실히 필요했던 거지만 그는 알지 못했다. 혼자가 더 편했던 어린 시절의 식탁이 그의 마음을 너무나 강하게 얽어매고 있었기 때문이었다.

선혜라는 여자를 만나기 전까지.

야유회

여자 앞에는 방금 작은 배낭에서 꺼내놓은 밤과 땅콩이 놓여있다. 묶었던 비닐봉지 입구만 풀어헤쳐 놓은 채다. 껍질째 삶은 땅콩과 밤에는 물기가 촉촉하다.

계영은 염치없게도 넋을 놓고 보고 있다. 주홍색 감만 있다면 그건 엄마의 소풍 보따리다. 감은 주로 엄마 혼자 먹었던 것이지만.

계영은 지금도 자신이 감을 좋아한다고 착각하고 있다. 감이 나올 철이면 집에서 늘 보던 것이고 가을 소풍이나 운동회 때 엄마가 싸온 점심 보자기에 꼭 들어 있었기 때문인데도 그는 그걸 모른다. 그가 거의 감을 먹지 않았던 사실을.

단감이 흔치 않았던 그 시절, 계영이 먹어보았던 감은 늘 떫었다. 보기엔 그렇게 예쁘고 맛있게 생긴 것이 어떻게 그런 맛을 내는지. 당시엔 집집마다 땡감을 많이 삭혀 먹었다. 홍시가 되기 전 단단한 감을 소금물에 담가 삭히는데 잘 된 감은 떫은맛이 가시고 달았지만 떫은맛이 남아 있는 경우가 많았다. 계영은 조금만 떫어도 온통 마른 종이를 씹은 듯한 고약한 느낌 때문에 먹지 않았지만 엄마는 그 맛도 즐겼다. 그럴 땐 소금을 조금 먹으면 참 맛있다고 하면서.

그래서 소풍 보따리 속의 감은 사실 엄마 자신을 위한 것이었다. 그런데도 계영은 밤과 땅콩과 감과 엄마를 동시에 떠올렸고 모두 자기가 좋아하는 것이라 여겼다. 그냥 통째로 그리움이 된 것이다.

그리움.

그는 그리움과 좋아하는 것을 구분하지 못했다. 먹지도 않으면서, 좋아하지도 않으면서 그리워하는 것. 그에겐 엄마와 관련된 모든 것이 그랬다.

너무 오래 되어, 아니면 어릴 때라 기억이 잘못되어 있는지도 몰랐다. 계영이 떠올리는 그리운 엄마는 그가 열 살 때까지다. 아버진, 그런 그리움마저 없다. 아버진 먼 바다로 나가 고기를 잡는다 했고 한 번 집을 떠나면 오랫동안 돌아오지 않았다. 그러니까 마지막으로 집을 떠난 때가 언제인지도 모른다. 집을 떠나 있는 동안에 바다에서 사라졌다. 풍랑 속에 다른 선원 몇 명과 실종되었다. 그래서 아버지 무덤엔 시신이 없다 했다.

계영은 엄마가 마당이나 부엌에서 울고 있었던 장면으로 아버지의 죽음을 떠올릴 뿐, 그 시절 기억은 모호하다. 그보다 더 모호한 것은 아버지에 대한 기억이다. 가끔 돌아와 두어 달 같이 살았던 아버지에 대한 느낌은 너무 멀다. 잊어버릴 만하면 나타나 '아버지'라고 했던 사람. 그래서 계영에게 아버진 산타클로스와 별로 다를 것도 없었다. 오면 좋고 가버려도 아쉽지 않았다. 그러니까 엄마가 그에겐 세상의 전부였다. 더 이상 아무것도 필요하지 않았다. 모자라는 것이 무엇인지 알지도 못했다.

그 엄마가 어느 날 거짓말처럼 사라졌다.

엄마는 목욕탕 바구니를 들고 나가 돌아오지 않았다.

계영은 그날, 자주 그랬듯 큰아버지 집에 맡겨졌다.

큰아버지 집은 냅다 힘차게 뛰다 보면 숨도 차기 전에 닿는 곳에 있었다. 엄마가 만두를 만들거나 수제비 끓여 먹을 새알을 비비면 갖다 주라고 종종 심부름을 보냈고 계영은 심부름 봉지를 들고 뛰어 갔다 왔다. 봉지를 손에 쥐어주면서 뛰지 말고 조심해서 다녀오라고 했지만 대답만 하고 대문을 나서면 뛰었다. 걸어도 아마 5분이 걸리지 않았을 것이다. 그러나 계영은 혼자 터벅터벅 걷는 그 시간이 몹시 싫었다. 그렇게 혼자 걷고 있으면 한낮에도 왠지 무서운 생각이 들었기 때문이다. 그래서 집만 나서면 무조건 뛰었다.

그날은 일요일이어서 사촌 형들이 모두 집에 있었다. 물론 집에 있다 해서 계영과 놀았다는 건 아니다. 형들은 중학생, 고등학생이었고 무슨 공부를 그렇게 하는지 일요일에도 방에 틀어박혀 있었기 때문이었다. 큰어머니가 형들 방문 앞을 지날 때면 입술에 손을 대고 '쉬' 했기 때문에 집안을 걸어 다닐 때면 발소리도 잘 내지 못했다. 그래서 큰집에 있을 때는 주로 마당에 나가 놀았다. 형들이 없는 날이라도 마당에 있는 게 마음이 더 편했다. 엄마가 오는 것도 제일 먼저 알 수 있고 큰어머니가 지켜보는 것도 피할 수 있었으니까. 큰어머니가 엄마처럼 잔소리를 하는 것도 아닌데 같이 있으면 자꾸 어깨가 뻣뻣해지고 힘이 들어갔다.

그날도 마당에서 혼자 개미구멍을 들여다보고 있었다. 엄마가 올 시간이 훨씬 지났다는 생각을 하며 좀 지루해했다. 아마도 여름이 오고 있었으리라. 햇볕에 목덜미가 따가웠고 조금만 설쳐도 땀이 났다. 점심 먹기 전에 온다고 했던 엄마는 해가 기울어 나무 그늘이 길어지는데도 오지 않았다. 큰어머니가

〈엄마가 늦네. 들어와서 점심 먹자.〉

해서 형들과 앉아 국수를 먹은 지도 한참이 지났다.

형들은 별로 말이 없었다. 밥 먹는 자리가 너무 조용했

고 자꾸 국수가 목에 걸렸다.

개미구멍 관찰도 시들하고 심심해졌다. 자꾸 대문에 눈이 갔다. 마당에 있는 나무둥치를 발로 툭툭 차며 어슬렁거리고 있는데 현관문이 벌컥 열리며 큰어머니가 뛰어나왔다.

〈아이고, 이게 무슨 일이야.〉

이렇게 외치며 큰어머니는 계영을 스쳐 지나 대문을 열고 그대로 뛰어나가 버렸다.

계영은 그날 큰집에서 잤다.

자주 다니러왔지만 잔 건 처음이었다.

엄마 없이 자는 것도 처음이었다.

다음 날 큰아버지 손에 이끌려 엄마를 보러 갔지만 엄마는 볼 수 없었다. 관 속에 있다고 했다. 엄마는 사진 속에서 계영을 보고 웃고 있었다.

엄마는 오토바이 사고로 죽었다. 길을 뛰어 건너다 그보다 더 바쁘게 달려오고 있는 오토바이에 부딪쳤다 튕겨나가 아스팔트 바닥에 넘어지며 머리가 부서졌다. 누구한테 그렇게 자세하게 들은 건 아니다. 계영이 정식으로 큰아버지한테 들은 말은 '오토바이에 치여 그렇게 됐단다'뿐이다.

자세한 상황은 장례식장에서, 큰집에서, 큰어머니와 친지들이 하는 이야기 속에서 알았다.

계영은 그날부터 큰집에서 살았다.

구박 받지 않았다. 밥을 굶지도 않았다. 대학까지 공부도 시켜주고 기숙사에서 나올 땐 방도 얻어주었다.

그러나 오랫동안, 계영은 엄마와 살던 집을 찾았다. 가서 대문 앞에 서 있었다. 대문은 굳게 잠겨 있었다. 엄마가 죽은 뒤 얼마동안은 아무도 살지 않았지만 나중엔 다른 사람들이 들어와 살았다. 그리고 또 세월이 더 지난 뒤엔 집이 헐리고 이층집이 새로 지어졌다. 집이 바뀌었어도 찾아갔다. 고등학생이 되자 야간 자율학습 때문에 하교가 늦어졌지만 여전히 학교에서 돌아올 때마다 대문 앞에서 서성거렸다.

그러다 오해를 받기도 했다. 이층에 고등학교 여학생 방이 있었던 모양이었다. 하루는 컴컴해진 골목에 서 있는데 갑자기 철 대문이 벌컥 열리고 아주머니가 나왔다. 왜 남의 집 앞에서 날마다 서성거리느냐, 는 날카로운 비난에 정신이 들었다. 무슨 뜻인지도 금방 알아먹었다. 계영은 미안합니다, 란 말과 함께 고개를 숙였고, 곧 그 자리를 떴고, 다시는 그 집을 찾지 않았다.

말없는 세월이 말없는 계영의 시간 속을 흘러갔다.

사촌형들보다 더 말없는 남자가 되어버린 걸 계영은 몰랐다.

늘 고개를 숙이고 다니는 것도 몰랐다.

웃지 않는다는 것도 몰랐다.

외로움의 그림자가 차갑게 자신을 감싸고 있는 것도 몰랐다.

아늑하고 따뜻한 세상은 엄마의 입김이 만들어준 보금자리였다는 걸 깨달을 수 있었던 나이는 아니었다. 그래서 얼마나 쓸쓸하고 삭막한 마음으로 세상을 살았는지 알지 못했다. 자신의 가슴이 얼음 위를 뒹구는 낙엽 같았다는 걸, 그녀를 만나기 전에는 정말 몰랐다.

* * *

스포츠 센터에서는 일 년에 두 번 직원 야유회가 있었다.

선혜는 그를 알고 있다. 아니 얼굴은 알고 있다고 해야겠다. 부서가 달라 날마다 보고 사는 건 아니지만 몇 년을 같은 건물 안에서 일을 하면 얼굴은 익히 알게 된다. 마주치면 인사를 하는 정도로.

그리고 정말 그냥 인사만 하는 정도였다. 관심이 없었으니 느낌도 없었고 동료라는 것만 빼곤 말 그대로 타인이었다. 각자의 생각과 생활이 서로에게 아무런 영향도 미치지 않는.

그런데,

세상에 저렇게 쓸쓸한 얼굴이 있을까.

선혜는 처음 본 사람 같은 그의 얼굴을 보고 놀랐다.

삶아 온 밤과 땅콩을 꺼내 놓고 옆에 앉은 입사 동기, 지은에게 권하고 그리고 고개를 들었다. 별 의미도 없는 웃음을 띠고서.

햇살이 사방에 퍼져있고 바람이 얼굴을 스치고 숲의 향기까지 코끝에 실려 왔으니 저절로 웃음이 났던 지도 모르겠다. 어쩌면 셔틀 버스에서 내리는 순간 눈부신 햇살 세례에 입이 벌어지고, 숲길을 걸어가면서 표정이 완전히 풀어져, 숲 속 정자에 도착했을 땐 이미 '웃는 얼굴'로 변해 있었던 지도.

늘 춥지도 덥지도 않게 온도 조절이 되어 있는 건물 안에

선 저절로 웃음이 나오진 않았다. 불행하지도 불편하지도 않은데 말이다.

하여튼 마음이 바람처럼 가벼워져서 바람이 스치는 대로 마음을 맡기고, 고개를 들다 그 남자를 보게 되었다.

남자는 선혜를 뚫어지게 보고 있었다. 물론 다시 봤을 땐 선혜가 아니라 다른 곳이라는 걸 알았지만.

남자의 눈길은 선혜 앞에 놓인 땅콩과 밤에 머물러 있었다. 하지만 또 다시 봤을 땐 그것도 아닌 것 같았다. 그냥 넋을 놓고 있는 사람처럼 보였다. 그를 똑바로 보고 있는 선혜와 결코 눈이 마주치지 않았다. 남자는 아무것도 보고 있지 않은 게 분명했다. 그냥 우연히 눈길이 선혜 앞에서 멈춘 것뿐일지도 몰랐다. 눈이 마주쳤다면 그렇게 계속 보고 있지는 못할 것이다. 친분이 없는 남녀가 눈이 마주친다면 누가 먼저랄 것도 없이 눈을 돌리는 게 우리의 정서니까.

어찌되었든, 선혜는 그 남자에게서 쉽게 눈길이 돌려지지 않았다.

쓸쓸함.

세상에 그렇게 쓸쓸한 얼굴이 있을까.

얼굴을 안다는 것 외엔 아무것도 모르는 남자에게 생기는 뜨거운 연민.

난데없었다.

눈이 뜨거웠다.

그리고 눈물이 흘렀다. 그것도 뚝, 하고 떨어지는 서슬에 놀랄 정도로 갑자기 넘쳤다. 선혜는 화들짝 놀라 눈물을 닦았고 그걸 감추느라 더 화들짝 웃으며 땅콩을 하나 집어 들고 손가락에 힘을 주었다. 땅콩은 빠직 소리를 내며 손가락 밑에서 부서졌고 무의식적으로 알을 꺼내 입 안에 넣었다. 맛을 느끼지 못하는 땅콩을 씹으며 다시 고개를 들었다.

사라졌다.

어딜 갔을까.

선혜는 대놓고 주변을 두리번거렸다.

〈누구 찾아?〉

지은이 묻는다.

분명 들었는데도 듣지 못한다.

대꾸 없는 선혜의 시선이 허공을 헤맨다.

그 순간,

그녀의 의식 속엔 그 남자밖에 없다.

따뜻한 겨울

분식점엔 빈자리가 없었다.

문을 밀고 들어서긴 했지만 빨리 다른 결정을 못 내리고 우두커니 서 있었다. 빈 테이블은 없고 나가자니 마땅히 떠오르는 데가 없었기 때문이었다. 팔팔 끓는 물에 넣고 끓인 라면만 상상하며 왔던 탓이다.

〈여기 앉으시죠. 전 거의 다 먹었어요.〉

그 소리가 들릴 때까지 선혜의 머릿속엔 아무런 대책이 없었다. 나가든 어딜 비집고 앉든 빨리 문 앞에서 떠나줘야 한다는 것도 생각지 못하고.

분식집은 테이블이 몇 개 안되는 규모 작은 곳이지만 포장 손님이 많다. 그래서 그 사이에도 문을 막고 서 있는 선혜의 곁을 불편하게 스치면서 손님들이 계속 들어오고 나갔다.

선혜는 그 남자 목소리에 비로소 자신의 처지를 깨닫고 당황한다.

〈어머!〉

문에서 비켜나는 것과 동시에 '그'라는 걸 알아차린다.

'여계영.'

계영은 창가에 옹색하게 바짝 붙여 놓은, 의자 두 개가 마주보고 있는 테이블 한 자리를 차지하고 앉아 있었다. 그리고 그의 앞에는 말과는 달리 거의 그대로인 듯한 라면 그릇이 놓여 있다.

선혜는 계영의 맞은편 의자에 앉았다.

빨리 문 앞에서 비켜줘야 했고 걸음을 떼어도 분식점은 좁아 마땅히 서 있을 데가 없었기 때문이었다. 하지만 그 이유가 그녀의 행동을 모두 설명해 주진 못한다. 다른 마음을 감추기 위한 핑계 목적이 훨씬 크다는 걸 자신이 미처 의식하지 못하고 있을 뿐이다.

선혜는 그다지 사교적이라 할 수 없다. 계영은 그저 안면 있는 동료이고 말을 나누어본 적도 없는 남자다. 평소 그녀라면 상당히 껄끄러울 상황이라 거절했을 자리가 분명한데도 합석을 했다. 남자가 말을 붙이는 순간 '괜찮다'며 돌아서 나가야 했다. 지금까지의 선혜라면 마땅히 그랬다.

그러나 그러지 못했다.

그리고 그 이유는 온전히 선혜 자신 속에 있었다.

짧은 순간에 스친 같은 느낌.

소리 나는 쪽으로 얼굴을 돌리자 마주친 눈빛. 아니 낯빛이라고 해야 할까. 하여튼 뭉클한 느낌과 함께 눈물까지 나게 하는 어떤 무엇이 그의 얼굴에 있었다.

야유회 날.

무엇인가를 망연히 바라보고 있는 그를 보다 눈물을 떨구었던 순간, 바로 그 순간이 그녀 앞에 다시 왔던 것이다. 하지만 그에겐 참으로 황당할 눈물을 보일 수 없다는 강력한 의지가 선혜를 다른 사람으로 만들었다.

〈그럼 실례 좀 할게요.〉

의자를 당겨 앉으며 제법 큰 소리로 인사를 한다. 하지만 바로 코앞에 앉아 있는 그를 마주 볼 용기는 없었는지 눈길은 테이블로 떨어진다.

〈저 굉장히 빨리 먹거든요.〉

계영은 선혜의 눈길이 라면으로 향했다고 생각했는지 그렇게 말하며 젓가락을 그릇 속으로 가지고 간다.

짧은 순간 둘의 눈이 마주친다.

눈높이에, 가까이에 있는 그의 얼굴. 뺨에 스치는 웃음. 아니 웃었다는 느낌. 너무 빨리 눈앞을 통과해 가버리는 급행열차처럼 사라진 웃음이라 웃었는지조차 의심스럽다. 그는 웃은 게 아니라 웃는 시늉만 했을 지도 모른다.

〈그럼 혼자 먹겠습니다.〉

계영이 라면을 먹기 시작하고, 선혜는 얼굴을 약간 외면한다.

시야의 가장자리에서 그가 라면을 먹고 있다. 염치없게 자꾸 그가 먹는 모습을 지켜보고 싶다. 아니 그의 얼굴에서 무엇인가를 찾고 싶다. 그게 웃음이라는 걸 모를 뿐.

선혜는 그를 웃게 해주고 싶은 욕망이 있다는 걸 아직 알아채진 못했다. 그녀의 마음 한 구석엔 벌써 그의 깊은 외로움을 감지한 영혼이 자리했다는 걸 모른다. 그날, 야유회에서, 그녀의 땅콩과 밤을, 아니 어떤 곳을 물끄러미 바라보던 그의 영혼의 떨림에 그녀도 떨렸다는 걸 모른다.

깊은 곳에 숨어 있는 마음은 모른 채, 선혜는 공연히 들떠있는 것 같은 그녀의 가슴에 안절부절못한다. 그리고 제법 구체적으로 생각한다. 자기가 그에게 마음이 있는 모양이라고. 그렇다면 지금처럼 좋은 기회는 없을 거라고. 무슨 말이든 해야 하고 그렇게 해서 상대의 마음을 살펴볼 때라고. 어쩌면 인연일지 모른다고. 그리고 지금이 바로 인연이 만들어준 운명 같은 시간이 아닐까 하는.

하지만 마음속에 있는 말은 한 마디도 입 밖으로 나오지 않았다.

자신이 눈만 깜박깜박 하며 모자란 사람 같은 표정으로 앉아 있다는 것을 알고 있을까. 안다면 그 자세, 그 표정으로 라면을 먹고 있는 남자 앞에 앉아 있지는 못할 것이다.

누군가 보고 있다면 도무지 이해 못할 장면이다. 가까운 사이라고 하기엔 여자의 태도나 표정이 너무 생뚱맞다. 다정하게 상대를 바라보는 것도 아니고 편안하게 다른 생각에 젖어 상대가 먹기를 기다리는 표정도 아니다.

그리고 남자의 태도도 그 상황을 설명해주지는 못한다. 세상에 오직 라면과 자신밖에 없는 모습이다. 상대에 상관없이 자신의 일에 집중할 수 있다는 건, 상대가 완전히 무시되는 존재거나 아님 절대적으로 편한 존재라는 뜻이리라. 그런데 그런 느낌도 읽을 수가 없다. 둘 중 어느 것도 아니다.

분명 동상이몽의 모습인데도 딱히 그렇다고 단정 지을 수 없는 무엇이 그들 주변을 떠돌고 있다.

라면에만 집중하고 있는데도,

가느다란 실 한 가닥을,

그녀의 머리 쪽으로 걸쳐놓고 있는 것 같은 남자.

마치 어부가 물 위로 그물을 던져 놓듯.

그리고 무심한 강물이 그물을 어루만지듯,

그녀의 촉수가 그의 실 가닥을 슬쩍 건드리는 것 같은.

계영은 라면을 다 먹을 때까지 한 번도 고개를 들지 않았다.

물론 말도 한 마디 없었다.

그건 계영의 식사 습관이다.

큰집 식구들 사이에서 밥을 먹으면서 만들어진 오래된 습관.

식탁에서 사촌 형들과 큰아버지는 거의 말이 없었다. 큰어머니 혼자서 말을 하기도 하지만 아무도 대꾸하진 않았다. 그 집에서 큰어머니 말은 그냥 바람소리나 새 울음 같은 거였다. 큰어머니가 무슨 말을 하든지 식구들은 속도를 늦추지 않고 빠르게 밥을 먹어치우고 일어났다.

사실 식탁에 모두 앉아 같이 먹는 경우는 흔치 않았고 큰어머니와 둘일 때가 많았다. 계영이 큰집 식구가 되었을 때 형들은 고등학생이라 아침 일찍 나가고 밤이 늦어서야 들어왔다. 그리고 큰아버진 저녁을 먹고 들어올 때가 많았다. 큰어머니도 말이 많은 편은 아니었는데 계영과 둘이 먹을 땐 더 말이 없었다.

큰어머니, 달래가 말에 인색해진 이유가 계영 자신에게도 있다는 걸 몰랐다. 유난히 그에게 더 인색하게 구는 이유를 어린 그가 알 수는 없었다.

'밥 더 줄까?'

묻는 말에 계영은 고개도 들지 않고 물론 말도 없이 옆으로 흔들기만 했다.

달래는 그 행동이 몹시 못마땅했다. 어린 나이에 부모 잃고 기가 죽어 그렇겠지, 그런 생각 정도 못할 어른이 아니건만 생각대로 감정이 움직여주는 건 아니다. 어른이 말할 땐 고개만 흔들지 말고 예, 아닙니다, 로 말해야 한다고 훈계해도 되는 처지이지만 그 아량도 베풀지 못했다.

지나치게 말이 없는, 늘 고개를 외로 꼬고 있는 아이.

안쓰러운 마음과 달리 보고 있으면 기분부터 상했다. 계영의 어두운 모습을 보고 있으면 화가 먼저 치밀어 아무 말도 하지 않게 되었다. 입을 다물어버리는 게 그나마 어린 조카에게 화를 내지 않을 수 있는 그녀의 방법이기도 했다.

달래는 최소한의 할 도리만 했다. 그녀로선 최선이었을지도 모른다. 화가 나지만 화를 내지 않았고 구박도 하지 않았고 자식들과 똑같이 먹이고 입히고 공부도 시켜주었으니까. 따뜻함이 빠진 양육이었다는 것까지 생각할 여유는 없었다. 적어도 그때는.

누구 탓을 하자면 계영도 할 말은 있다.

그건 형들과 큰아버지를 통해 습득된 것이기도 했으니까.

'찌개 어때?'

'국 더 먹을래?'

큰어머니의 어떤 질문에도 형들은 그저 고개를 조금 끄

덕이거나 흔드는 것으로 대답을 대신했다. 그러지 않아도 온통 어렵고 주눅 드는 남의 집에서 그들과 다른 행동이나 표현을 할 용기는 없었다. 아니 묻는 말에는 그렇게 답해야 되는 줄 알았다. 그들의 조용하고 신속한 식사 습관은 드디어 완전히 계영의 것이 되었고 그게 전혀 이상한 줄도 모르게 되었다.

그렇지만 조용하고 신속한 습관 속으로 그리움까지 묻혀버렸던 건 아니다. 침묵의 식사 속엔 늘 엄마가 있었다. 엄마의 웃음과 말소리와 냄새와 그리고 맛까지.

계영은 몹시 혼란스럽다.

자꾸 선혜의 땅콩과 밤이, 아니 그 냄새까지 코끝에 맴돌았다. 라면에서 삶은 밤과 땅콩 냄새가 나는 것 같았다.

그저 신속하게 라면만 먹고 있는 모습과는 달리 그의 마음속은 단순 신속과는 거리가 멀다. 그 어느 때보다 복잡하다.

대학생이 되어 독립을 하고, 그래서 큰집의 식탁을 떠난 뒤부터 식사 속에서 엄마의 모습이 사라졌다. 침묵, 신속은 여전했지만, 언젠가부터 엄마 생각은 하지 않게 되었다.

학교 식당에서 밥을 먹을 땐 주위가 부산스러워 느끼지 못했다. 기숙사를 나와 혼자 살 때, 어느 날 문득 자기가 아무 생각도 없이 밥을 먹고 있다는 걸 깨달았다. 두부 넣은 된장찌개 하나만 놓고 저녁을 먹은 뒤, 빈 그릇을 치우려고 벌떡 일어났을 때였다.

아, 엄마!

갑자기 큰집 식탁이 떠올랐고, 엄마 생각으로 가득했던 그 시간이 되살아났다. 그리고 언젠가부터 식탁에서 엄마가 사라졌다는 것까지도. 된장찌개 때문이었는지도 모르겠다. 엄마와 자주 먹었던, 반드시 두부를 넣어 끓여주었던 그 시절 밥상이 떠올랐는지도.

하여튼 그 순간엔 좀 놀랐다. 엄마를 잊고 살았다는 죄책감 비슷한 느낌도 들었다. 그러나 신기하게 그 사실도 곧 잊혀졌다. 그 후엔 갑자기 찾아오는 느낌도 없었다. 그저 밥을 먹을 뿐이었다. 가끔 아, 이젠 엄마 생각이 안 나는구나, 할 때가 있지만 워낙 빨리 먹는 밥이라 생각은 순간으로 지나갔다. 끼니때마다 내내 같이 했던 엄마는 큰집에서 지내던 시간과 함께 사라졌지만 빨리 먹는 습관은 계속됐다. 넣고 씹고 삼키는 것만 존재했던 식사 시간.

그런데 무아(無我)와 같았던 그 시간 속에 뜬금없이 그녀의 땅콩과, 그녀와, 엄마까지 뛰어 들어와 라면 맛을 모르게 했다.

〈맛있는 커피 한 잔 하시겠어요?〉

맛 모르고 먹은 라면 때문에 분했던 것인가.

계영은 수저를 놓으며 그렇게 말했다.

〈아, 네!〉

찰랑이는 물결 속에 던져진 그물이 갑자기 당겨졌다.

선혜는 그물 속에 갇혀 버린 물고기처럼 정신이 번쩍 든다. 그리고 자신이 처한 상황이 어떠한지 곱씹을 겨를도 없이 나온 대답. 대답과 함께 그제야 자신이 아직도 주문을 하지 않은 상태라는 것도 깨닫는다.

넋 놓고 뭘 하고 있었을까.

계영도 사태를 알아챈다. 물론 선혜와는 다른 각도의 사태 파악이지만.

〈아, 참, 라면! 라면이 아직 안 나왔지요.〉

〈그냥 나가요.〉

선혜가 멋쩍게 웃으며 일어난다.

〈라면은 어떡하구요?〉

〈아직 주문도 안했더라구요. 바보같이.〉

〈네?〉

계영의 눈이 커진다.

선혜는 계영의 놀란 눈을 뒤로 하고 돌아선다.

분식점 문을 밀고 나오는데 웃음이 터진다. 뒤따라 나온 계영도 선혜 옆에서 웃는다. 그게 그렇게 웃을 일인지 모르겠다. 그런데 두 남녀는 분식점 앞에서 한참을 웃고 서 있다. 나중엔 소리까지 내어 웃고 급기야 둘 다 눈가로 배어 나온 눈물을 닦는다.

그들은 그냥 웃고 싶은 것이다. 어떤 이유를 만들어서라도 웃고 싶은 마당에 선혜의 실수가 빌미가 되어주었을 뿐이다.

두 사람은 지금 '사랑'이라는 문 앞에서 그들의 마음이 먼저 열리고 있다는 걸 온몸으로 표현하고 있다.

몸이 떨리는 격렬한 웃음으로.

＊ ＊ ＊

〈나이가 너무 많아.〉

강숙은 여전히 불만이다.

〈엄마, 그 말은 더 이상 안 하기로 했잖아요.〉

선혜도 불만이다. 엄마는 같은 소리를 골백번도 더 하고 있다.

나이 탓만 하는 걸 보니 다른 건 다 마음에 드나 보다, 하고 흘려들어도 되겠건만 선혜도 그때마다 발칵 한다.

〈누가 뭐래니? 그냥 그렇다는 거지. 많은 걸 많다는데.〉

강숙은 딸이 듣기 싫어하는 걸 아는지 모르는지 또 하고 만다.

〈아빠는 더 많았잖아요.〉

〈그러니까 하는 소리지. 나이차 많은 거, 그거 별로더라. 어렵고, 또…….〉

〈또, 뭐?〉

〈말이야 바른 말이지. 안 그래도 남자가 명이 더 짧은데 그렇게 차이가 나면 좀 그렇잖니? 부부는 같이 오래 사는 게 최곤데.〉

〈아빠야 병을 얻었으니까 그렇지. 요즘 세상에 관리 잘하면 나이가 뭐 그리 큰 문제라고.〉

〈나이 들면 병 얻을 확률도 높아지는 거 모르니?〉

그 말에 선혜는 정말 발끈해 두부 썰던 칼을 멈추고 강숙을 쏘아본다.

강숙의 뒷머리에 쏘아진 눈길.

더 이상 대꾸가 없어 고요해진 주방.

냄비에 된장 한 숟가락을 넣고 물에 풀던 강숙은 서늘함을 느끼고 휙 돌아본다. 아니나 다를까. 선혜가 눈을 똑바로 뜨고 강숙을 노려보고 있다.

정말 화가 나버렸구나.

뜨끔해진다.

기집애, 어지간히 좋아하나 보다.

〈엄마를 노려보면 어쩔 건데?〉

마음과는 달리 시큰둥하게 한 마디 던져버리고 바쁜 척 손을 놀린다.

농담이 너무 길었나?

반성은 해보지만 그냥 해본 농담이 아니다. 엄마가 돼서 딸이 싫어하는 소리를 이유도 없이 자꾸 하고 싶은 사람이 있겠는가. 실없는 사람처럼 날을 세우지 않고 지껄였지만 유일하게 걸리는 문제가 나이였다. 물론 그것 때문에 결혼을 반대하겠다든가 다른 좋은 사람을 찾아주겠다든가 할 마음도 자신도 없다. 말 타면 종 부리고 싶다고, 사람의 욕심이 요사스러워서 그렇게 억지를 좀 부려본 것뿐이다. 그런데 기집애가 유달리 계영에 관해선 날카롭게 구는 것이다.

늘 딸과 친구처럼 티격태격 하는 강숙.

그것도 엄마가 주로 딸을 놀리고 삐치게 하면서.

강숙 생각은 그렇다.

선혜가 도대체 나이답지 않게 고지식한 면이 있다고. 어떤 땐 누가 엄마이고 누가 딸인지 한심할 때도 있다. 물론 선혜가 어른스럽다는 건 인정한다. 환경 때문에 어쩔 수 없이 그렇게 되었는지 몰라도 철이 빨리 들었다. 사실 초등학교 다니기 전부터 혼자 두고 일을 다녔다. 그래도 투정하는 걸 들어보지 못했다. 덕분에 두 모녀 밥 굶지 않고 살 수 있었겠지만.

하지만 낯은 좀 가렸던 것 같다. 꼭 놀던 애랑만 놀았고 학교에 다닐 때도 친구는 많지 않았다. 남들은 내성적이니, 비사교적이니 하는 말을 했다. 틀린 말은 아닐 것이다. 하지만 그걸 문제라고 생각해본 적은 없다. 그렇다고 선혜가 친구 하나 없는 외톨이로 지낸 건 아니니까. 언제나 늘 짝지어 다니는 친구가 하나는 있었다. 그리고 고등학교 졸업하면서 바로 취직한 직장생활도 별 탈 없이 잘 하고 있다. 내성적이니, 비사교적이니, 하는 것이 문제가 되지 않는다는 증거가 바로 이직 없는 직장생활 아니냐고 항변하고 싶다. 세상의 모든 엄마처럼 제 자식에 눈먼 판단인지는 모르겠지만.

그런데 고지식은 좀 그랬다. 남들에겐 어떻게 대응하는지 몰라도 강숙에겐 피곤하게 굴었다. 선혜가 철이 들면서 은근히 자주 부딪치는 문제가 있었는데, 그게 남자 문제다. 그것도 강숙의 남자 친구. 다른 집과는 달리 엄마가 딸눈치를 봐야 했다.

고지식한 선혜 때문에 강숙은 남자 친구도 마음 놓고 만나지 못한다. 말은 안 하지만 남자 친구를 만나고 온 날은 기가 차게 알아채고 냉랭하게 군다. 아버지 돌아가신 지가 언젠데.

요즘 세상에 누가 일부종사를 한다고.

조선 시대에도 양반 부녀자나 그랬지 평민, 천민은 자유로웠다는데.

선혜는 더 이상 대꾸가 없다.

속으로만 쌕쌕거리며 푸는 모양이다.

하긴 오늘 같은 날 먼저 안 풀면 어쩔 건데? 남자 친구가 처음으로 장모될 사람을 보러 오는 날인데 말이지. 수틀리면 나도 니들 애 먹이는 수가 있다고. 오늘이야말로 지네들이 나한테 잘 보여야 되는 날 아니냐고. 좀 과했다 하더라도 딸이 돼서 엄마를 그렇게 노려보는 법이 어딨냐 말이지.

나 지금 화났어.

엄마 기분 상했다고!

강숙은 억지인 줄 알면서도 속으로 구시렁거린다.

하지만 그녀의 상한 기분은 된장통을 냉장고에 넣으면서 사라져버린다. 구린 기분을 5분만 유지해도 기적이랄 수 있는 강숙의 성격이니 아주 당연하다. 더구나 자식을 상대로 한 노여움이란 어차피 부질없어 화로 위에 떨어지는 봄눈과 같은 법이니 오죽하겠는가.

냉장고 문을 닫으면서 콧노래를 부르는 강숙을 보며 선혜도 웃고 만다.

선혜의 남자 친구.

계영 이야길 들었을 땐 놀라 자빠지는 줄 알았다.

기뻤던 거야 말할 것도 없지만 너무 놀라 그건 잠시 잊어야 했을 정도다.

딸은 도무지 남자를 사귈 기미가 없었다. 엄마 남자 친구에 과민한 반응을 보일 줄만 알았지 남자 친구 비슷한 것도 없었다. 저러다 시집이나 갈까 싶었을 정도로 이성엔 관심이 없어 보였다. 그래서 막연히 결혼을 한다 해도 늦을 거라고. 언젠간 자기가 나서서 주선을 해야 되는 건 아닐까, 자랑할 만한 인맥도, 경제력도 없는 부모를 가졌으면 기집애 연애나 하면 좋을 텐데, 하는 두서없는 생각이나 가끔 하고 있었던 터였다. 물론 심각하게 고민해보진 않았다. 아직 나이도 많지 않았고 일찍 보낼 마음은 더구나 없었다.

그런데 아닌 밤중에 홍두깨 같았던 선혜의 선언.

남자가 있단다. 더구나 결혼을 하고 싶은 남자라니.

어떻게 아무런 낌새도 채지 못했을까. 아니 왜 얘기를 하지 않았을까. 아니 할 말로 유부남을 사귀는 것도 아니고 말이지. 자기 속으로 낳았지만 참 이해가 안 되었다. 더구나 말대로라면 과분하기까지 하다. 시대가 워낙 물질과 조건을 앞세우는 시대라 대학도 못 보낸 선혜에게 늘 미안했다. 그런데 남자는 누구한테 얘기해도 부끄럽지 않을 대학을 나왔고 작지만 자기 소유의 집도 가지고 있다 했다. 편모에 전세를 못 면하고 있는 선혜 형편을 생각하면 흐뭇할 정도이다. 하지만 사람의 욕심이 끝이 없다는 말은 만고의 진리인지 나이가 마음에 걸렸다. 선혜는 겨우 스물넷인데 계영은 서른 넷.

강숙보다 열다섯 살이 많았던 남편이 세상을 떠날 때 강숙은 서른이었다. 그리고 선혜는 겨우 일곱 살. 혼자서 어린 딸을 키우며 살아야 한다는 게 얼마나 무서웠는지 모른다. 그래서 선혜가 스물이 될 때까지만 살았다면, 하고 한탄을 했다. 한탄이 깊어지면 남편의 나이가 원망스러웠다. 동갑이기만 했어도 남편은 아직 살아있을 것이라는, 선혜가 어른이 될 때까지 거뜬했을 것이라는.

말도 안 되는 억지라 하더라도 오랫동안 억지를 부리고 있노라면 그럴듯하게 포장되어 버리는 부분이 있다. 강숙의 억지도 포장이 잘된 상품이 되어버린 것 같다. 남편의 이른 죽음의 이유는 나이차 때문이라고.

* * *

안방에 차려진 밥상.

계영은 낯선 곳에서 따뜻함을 느낀다.

물론 '따뜻함'은 계영이 떠올린 단어가 아니다. 그는 그저 가슴이 후끈 달아오르는, 울컥, 하는 기분이 들었을 뿐이다.

그건 엄마에 대한 그리움이었다.

그리움은 꼭 그렇게 다가왔다. 뜨거운 충격이 되어 그의 가슴을 힘차게 흔들었다. 그럴 때면 표정 없던 얼굴에 보이는 변화. 남들이 보기엔 놀라서 더 굳어버린 것처럼 보이지만.

선혜와 강숙은 상을 안방에 준비했다.

주방에 식탁이 있지만 그건 어디까지나 부엌이다. 부엌에서 귀한 손님을 맞이할 수는 없다. 뭐 그런 생각까지 하면서 굳이 수고롭게 안방에 상을 차린 건 아니고 선혜가 그러고 싶다고 하고 강숙이 반대 없이 동의했을 뿐이다.

선혜는 계영을 따뜻한 방에 앉히고 싶었다. 무조건 그러고 싶었다. 그래서 장을 보러 가면서 '상은 안방에 차려요' 했고 강숙이 두 말 없이 '오케이' 했다. 그게 강숙의 성격이다. 일부러 고지식한 딸을 놀리며 놀고 싶은 게 아니라면 대개 어떤 요구에도 시원하다. 이유를 묻거나 심정을 따지지 않는다.

선혜와 의논한 대로 꽃 한 다발과 갈비 바구니를 들고 현관을 들어선 계영은 문 앞에서 선혜에게 갈비 바구니를, 꽃은 강숙에게 건넸다. 아니 정확히 말하면 문을 열어준 선혜가 갈비 바구니를 받아들며 '꽃은 엄마에게 직접'이라고 빠르게 속삭였고 그래서 뒤이어 나온 강숙에게 꽃다발을 증정했다. 선혜와 아주 닮은, 그저 살이 더 붙고 키는 좀 더 작은 여자가 웃으며 꽃을 받았다. 그리고 계영의 옷소매를 끌었다. 아주 다정하게 끌었지만 계영은 좀 흥분해 있어서 그것까지는 느끼지 못했다. 끌려서 몇 걸음 걸어간 곳이 활짝 열려진 안방 문 앞이었다.

방 가운데 상이 차려져 있었다.

엄마와 항상 그렇게 밥을 먹었다. 안방에 마주 앉아서.

계영이 그 순간에 그런 생각을 한 것은 아니다. 의식의 밑바닥에 있던 그리움이 불쑥 올라왔을 뿐이다. 안방에 놓인 밥상 때문에. 사실 엄마가 죽은 후로는 집에서 방에 앉아 밥을 먹은 적이 없다는 것도 계영은 모른다. 아니 생각해보지 않았다. 오랫동안 큰집 식탁에서 밥을 먹었고 지금도 자신의 작은 아파트 식탁에서 밥을 먹고 식당 식탁에서 밥을 먹는다. 그렇게 밥을 먹으면서 안방 밥상을 그리워한 적은 없다. 적어도 의식하는 범주 안에서는.

하지만 모든 추억은 사라지지 않고 기억의 깊은 서랍 속에 차곡차곡 쌓여 있었다. 추억들은 무심한 주인 때문에 제대로 햇빛도 쬐어보지 못한 채 캄캄한 어둠 속에서 깊은 잠에 빠져 있었을 뿐. 그리고, 막, 그 어두운 서랍 속에 바늘 같이 날카로운 햇빛 한 줄기가 기습을 했고 추억은 전율했다.

굳은 표정으로 서 있는 계영의 팔을 선혜가 끈다.

〈너무 잘 차려서 놀란 거예요?〉

〈그런 모양이다.〉

선혜의 말을 강숙이 받는다.

계영은 모녀에 이끌려 방에 들어갔고 상 앞에 엉덩이를 대고 앉았다.

바닥은 따뜻했다.

강숙은 선혜와 계영을 앉혀두고 혼자 주방을 들락거렸다.

먼저 밥 세 공기가 들어오고 그 다음엔 갈비찜이, 마지막으로 아찔할 정도로 강렬하게 콧속을 밀고 들어오는 냄새와 함께 된장찌개가 들어왔다. 된장은 상에 내려진 후에도 뚝배기에서 여전히 끓고 있었다. 방 안 공기가 후끈 달아올랐다.

계영은 자신의 얼굴이 뜨거워지는 이유가 더워진 방 안 온도 때문이라고 생각한다. 방은 뜨겁고 게다가 뜨거운 음식이 들어와서 더워진 거라고.

하지만 밖은 영하의 찬 겨울. 방 온도가 높아도 이마에 땀이 배일 정도는 아니었다. 선혜는 스웨터까지 걸치고 있고 오래된 낡은 집이라 방을 아무리 뜨겁게 해놓아도 외풍은 심했다.

추억이, 오래된 그리움이 영혼을 몹시 흔들었고 그래서 추억 속의 행복감이 가슴을 뜨겁게 데웠을 뿐이다.

계영은 그날 천천히 저녁을 먹었다.

행복을 오래 유지하고 싶은 그의 무의식이 그를 조종하

고 있었는지도 모른다. 선혜와 눈을 맞추고 강숙의 말에 대꾸하면서 그는 돌아가신 엄마와 이야기하고 있었다. 어릴 때, 엄마와 마주 앉아 천천히 밥을 먹던 그 시절로 돌아가 있었다. 그의 태도가, 얼굴이, 숟가락질이 그걸 증명하고 있었지만 아무도 증거를 알아차릴 수는 없었다. 심지어 그 자신까지도.

따뜻한 시간이 그렇게 흘러갔다.

시간은 쉬지 않는 게 맞는 모양이다.

계영은 훗날 뼈아프게 그리워할 그 시간 속에 있다는 걸 지금은 모른다.

그 시간은 에누리 없이 지나갔고 지나간 시간은 다시 돌아오지 않았다.

바람이 머물던 집

봄이 대기에 가득했다.

벚꽃은 피다 지쳐 숨결 같은 바람에도 꽃잎을 흩뿌린다.

그런데 선혜의 기침이 자꾸 계영의 마음을 어지럽힌다. 무슨 감기가 저리 질긴지. 한 달도 더 지나지 않았을까. 계영은 속으로 날짜를 헤아린다. 한 달이 아니라 두 달이다. 분명하다. 바로 그날이다. 그날을 착각할 수는 없다.

영화를 보러 가기로 한 날인데 퇴근하면서 병원부터 갔다.

선혜가 기침을 해서 감기는 초기에 결판을 내야 한다며 같이 병원에 들렀다. 주사를 맞고 나오는데 눈발이 날렸다. 눈도 오고 추우니까 그만 집에 가서 쉬는 게 어떠냐 했지만 싫다고 했다. 싫기는 계영도 마찬가지였다. 기침을 하고 눈도 충혈이 되어 걱정은 됐지만 집에 보내고 싶지 않았다. 같이 있고 싶었다.

선혜는 집에 가서 누워 있으면 더 아플 것 같다고, 주사 맞았으니까 차츰 열은 내릴 테고 맛있는 저녁 먹고 약 먹으면 괜찮아질 거라고 팔을 잡고 매달렸다. 그렇게 매달리지 않아도 원하는 건 다 해주고 싶은 참인데, 걱정은 성큼 물러나고 같이 시간을 보낼 기대감이 그 자리를 채웠다.

보신을 한다고 삼계탕을 먹었다. 선혜는 저녁을 먹는 중에도 기침을 조금 했다. 그리고 눈은 더 충혈이 되었다.

〈아무리 봐도 쉬어야 할 것 같은데? 눈이 더 빨개졌어. 영화는 다음에 보는 게 좋겠어.〉

〈난 괜찮은데? 아까보다 열도 내린 것 같고.〉

그러면서 선혜는 거울을 꺼내 들여다본다.

〈어머나, 정말이네.〉

자신의 토끼눈에 놀라는 눈치다.

〈아무래도 영화는 무리겠지?〉

계영의 걱정스런 눈.

〈헤어지기 싫은데. 영화도 보고 천천히 놀다 가려 했는데. 집에 가도 엄마도 없고. 엄마 오늘 야간근무란 말이에요.〉

계영의 심경이 복잡해진다. 영화를 본다는 것도 무리지만 헤어지는 건 더 무리하게 느껴졌다.

〈그럼 같이 집에 가서 쉴까? 뜨거운 꿀물이라도 마시면

서.〉

〈정말?〉

계영의 상당히 조심스런 제안에 선혜가 반색을 했다.

의도하지 않은 결과.

인생이 늘 의도한 대로 돌아가는 건 아니지만 그날의 결과는 정말 뜻밖이었다.

〈남자가 혼자 사는 집은 어떨까?〉

삼계탕 집을 나서면서 선혜가 한 말이다.

계영은 그 말에 수정을 해야 했지만 그러지 않았다. 그의 의도는 그게 아니었다. 선혜를 집에 데려다주고 같이 좀 있어준다는 말이었다. 그런데 그녀는 그렇게 듣지 않았다. 분명 자신의 의도와 달랐지만 왜 그렇게 가슴이 벅찼는지. 절대로 고쳐 말해주고 싶지 않았다. 절대로.

선혜가 그의 집에 온 날.

그녀와 함께 집으로 들어선 날.

현관에 열쇠를 꽂을 때의 그 색다른 느낌.

분명 아무도 없는 집안인데 꼭 누군가 기다리고 있을 것 같았던 묘한 흥분.

그 안에 다른 세상이 존재할 것 같은.

그리고,

정말 그곳은 다른 세상이 되었다.

누구와 같이 있다는 것이,

같이 집으로 들어간다는 것이,

그런 것인 줄 몰랐다.

집의 존재 이유가 달라져버렸다.

그 전엔, 정류장처럼 떠나기 위해 들르는 곳이 집이었다. 버스를 타기 위해 정류장에 가는 것처럼, 출근을 하기 위해 들어가는 곳. 그런데 그녀와 같이 들어선 그곳은 세상 속의 또 다른 세상이었다. 그렇게 소중한 공간이 그의 집이었다니.

계영은 선혜를 식탁 의자에 앉혀두고 꿀물을 태웠다.

침실과 거실과 주방이 한 공간을 차지한 원룸.

선혜는 한눈에 들어오는 방을 둘러보았다.

창가에 붙여놓은 침대. 계영이 매일 자고 일어나는 침대. 침대 맞은편에 놓여있는 책상. 책상 위의 두꺼운 수첩과 볼펜. 무얼 쓰려 했던 것일까. 아니 매일 앉아서 무엇인가를 쓸지도 모른다. 저 수첩과 볼펜에 그의 손이 얼마나 닿았을까. 한 쪽 벽면을 온통 차지하고 있는 붙박이장. 그

안에 그의 옷들이 걸려있다. 어떤 옷들이 얼마나 걸려있을까. 내가 보았던 옷들도 있겠지. 그리고 현관 입구에 있는 문. 아마도 화장실…….

〈마셔봐.〉

김이 나는 큰 컵을 선혜 앞에 놓고는 계영은 책상 의자를 끌어와 앉는다.

〈사실, 꿀은 뜨거운 물에 태우면 안 된다는데. 좋은 성분이 다 사라진다나?〉

〈나도 그런 말 듣긴 들었어요.〉

선혜가 컵을 들어 조심스럽게 입으로 가져가며 대꾸한다.

한 모금.

뜨겁고 달다.

두 모금.

둘 다 말이 없다.

조용하다.

왜 어색해질까.

〈열은 어때?〉

침묵을 깨고 계영이 선혜의 이마에 손을 댄다. 그리고 뺨에.

뺨에 닿은 손을 선혜가 잡았다.

계영은 다른 손으로 선혜를 안으며 입술을 가져갔다. 어색함이 단숨에 물러나는 순간이었다. 어색했던 게 아니라 무엇인가를 기다렸던 시간인지도 모른다. 둘은 간절히 기다리고 있었던 일을 하듯이, 늘 해왔던 일을 성실히 수행하는 충직한 종처럼 서로를 기꺼이 맞이했다.

그리고.

선혜는 몹시 뜨거웠다.

아픈 사람이다. 열이 많이 나는구나.

그런 생각을 하면서도 고려가 되지 않았다.

선혜의 손이 그의 손을 잡은 순간만 기억 날뿐이다.

선혜는 벤치에 앉아 손수건을 꺼낸다.

이마에 땀이 송골송골하다. 땀을 닦는 선혜의 손이 밝은 태양 아래 몹시 파리해 보인다. 햇살이 좋지만 땀이 날 정도의 기온은 아니다. 사실 나무 그늘이 드리운 등은 서늘하기까지 하다.

계영의 가슴이 갑자기 얼음처럼 차가워진다.

큰 병원에 가봐야겠구나.

그 생각을 왜 이제야 할까.

데이트를 망친다고, 비번 날 혼자 가겠다고 고집을 부렸지만 그날은 계영의 고집이 이겼다. 아니 선혜를 만나고 처음 이겨먹은 고집이다. 그러고 보니 그랬다. 늘 선혜가 원하는 대로 했다. 선혜가 보고 싶다는 영화를 보고 먹고 싶다는 음식을 먹고 가고 싶다는 곳에 갔다. 물론 선혜도 그랬을 것이다. 계영이 가고 싶다는 곳과 먹고 싶다는 것에 군말 없이 따랐을 것이다. 다만 계영이 먼저 그의 욕구를 말하지 않았을 뿐.

선혜가 도시락까지 준비한 소풍.

하루종일 같이 있을 수 있는 날.

비번 날을 맞추기가 쉽지 않아 둘 다 무척 들떠 있던 날이었다.

더구나 벚꽃이 만개한 봄날이었다.

실감이 나지 않는다는 말은 믿기 싫다는 말인지도 모른다.

보이지 않아서 믿을 수 없는 게 아니라 믿기 싫어서 볼 수 없는 것이다.

계영은 볼 수 없었다. 선혜가 가진 병의 실체를.

믿을 수도 없었다. 보이지 않았으니까.

선혜가 없는 세상을 상상할 수 없으니 그 세상은 그에게 없는 세상이다.

계영은 그때 이미 세상에 종말을 고했는지도 모른다. 장막을 치고 둘만의 세계에 들어앉아 버렸는지도. 그가 보고 싶고 믿고 싶은 세계 안에.

* * *

두 사람의 얼굴 사이로 초여름의 바람이 지나간다.

하늘엔 옅은 구름 몇 점이 높이 떠 있다.

분명 어딘가로 흘러가고 있겠지만 흐름이 잘 보이진 않는다. 마치 먼 바다를 지나가는 배처럼.

옅은 구름은 햇살을 막지 못했고 덕분에 신나게 대지로 쏟아지는 태양빛.

마당에도 햇살이 가득하다.

마당 가장자리에서 기세 좋게 자라기 시작한 화초와 채소.

작고 힘없던 뾰족한 고춧잎에 힘이 오르고 가지 모종의 줄기가 옅은 가짓빛을 띠면서 제법 튼실해졌다. 아직 물을 준 흔적이 축축하게 남아 있는 흙 위로 바람이 지나가고 작은 잎들이 춤을 춘다.

마당을 한 바퀴 쓸고 지나간 바람이 마루 밑으로 사라지자 햇살이 더 맹렬해진다.

〈물이 금방 말라 버리겠어요.〉

아침을 먹고 나서 마당을 돌아가며 심어놓은 것들에 물을 듬뿍 주었고 집 앞 어귀에 심어놓는 감나무 묘목에 물을 주는데 또 한참이 걸렸다. 긴 호스를 아직 마련하지 못해 양동이로 일일이 떠 나르느라 시간이 좀 걸리긴 했지만 물을 주고 들어왔더니 화초와 채소에 흥건하게 준 물은 그저 흔적만 있다.

〈흙 속으로 스며들어 갔으니까 괜찮아. 그 속에선 뭐 그렇게 빨리 마르겠어? 그만 쉬자.〉

계영이 선혜의 손에 들려 있는 바가지를 빼앗아 자신이 들고 있던 양동이에 담아 수돗가에 갖다 놓는다.

〈어떻게 햇빛이 이렇게 빨리 달아오르지?〉

선혜는 눈을 찡그리고 하늘을 본다.

아침을 먹고 물을 주러 나올 때만 해도 바람은 서늘하고 햇살도 따갑지 않았다. 목덜미가 선득해서 소매 긴 카디건을 걸치고 나왔으니까.

매일 같은 일과.

같이 일어나 아침을 해 먹고.

화초와 채소와 감나무에 물을 주고.

마루에 앉아 차를 마시고.

그러다 낮잠도 자고.

점심을 먹고는 산책을 가고.

저녁을 해먹고는 또 마루에 앉아 차를 마시고.

노을을 보며 마당을 어슬렁거리고.

가끔 반찬거리 같은 걸 사러 읍내에 나갔다.

기침이 줄었고 기분이 좋아졌고 잘못되지 않을까 하는 두려움도 줄었다. 그래서 요즘 선혜는 자주 자신의 병을 잊어먹기도 한다. 계영 말대로 공기가 중요하긴 한 모양이었다.

〈사모님, 하늘 관찰은 마루에 앉아서도 얼마든지 할 수

있답니다.〉

계영이 뒤에서 허리를 안는가 싶더니 그녀를 번쩍 든다.

〈어머나!〉

뒤이은 웃음.

계영은 깔깔 웃는 선혜를 안아 들고 성큼성큼 걸어가 마루 앞 댓돌 위에 내려놓는다. 댓돌 위에 내려 선 뒤에도 선혜는 한참을 더 웃는다.

〈너무 좋아하는 거 아냐?〉

계영도 웃으면서 댓돌로 올라서고 마루에 걸터앉으며 선혜의 허리를 잡아 끌어 자기의 무릎 위에 앉힌다.

〈응, 너무 좋아.〉

선혜가 무릎 위에 앉은 채 돌아보며 입술을 맞춘다. 그리고 얼굴을 돌리며 일어나려 했지만 그러지 못한다. 계영이 허리를 잡아 당기며 그녀의 뒷목에 얼굴을 묻었기 때문이다. 한참동안 계영의 숨결과 입술을 느끼며 선혜는 그대로 있었다.

마당엔 햇살이 눈부시고 산엔 초록이 눈부셨다. 그 햇살과 초록만큼 가슴이 벅차게 끓어오르며 눈물이 나려 했다.

그 순간 선혜의 가슴을 지나갔던 말.

행복하다!

그렇지만 아무 말도 하지 않았다. 어떤 말이든 뱉어내기가 두려울 정도로, 뺨에 소름이 돋을 정도로 완벽하게 행복했으니까.

〈우리 방에 들어가면 안 될까?〉

귀 뒤에서 계영이 속삭이는 소리. 입김이 몹시 뜨겁다.

대답 대신 선혜가 돌아보며 그의 입술을 찾는다.

시간이 좀 흐른다.

숲을 휘돌고 온 바람이 맞닿은 그들의 얼굴을 만지며 지나간다.

방 안은 서늘하다.

이제 햇볕은 바로 쬐기엔 너무 강한가 보다. 쾌적하게 느껴지는 방 안 온도 때문인지 그런 생각이 든다. 선혜는 계영의 따뜻한 머리칼과 뺨을 만지며 계절이 바뀌고 있음을 실감한다. 산골로 이사 올 때만 해도 밖에 있다 들어온 계영의 머리칼과 뺨은 차가웠다.

방의 서늘함과 그의 따뜻한 몸.

그는 알몸이다.

그러나 그녀의 옷은 다 벗기지 않는다. 버릇이 된 모양이다.

그녀는 별로 춥다고 느끼지 못할 때도 드러난 피부에선 소름이 돋았다.

옷을 다 벗은 계영이 그녀의 가슴을 헤치며 파고들었다.

가슴에 닿는 입술과 뺨.

자꾸만 옷에 가로막히는 입술.

오늘, 선혜는 옷이 몹시 성가시단 생각을 한다. 답답한 것 같기도 하고 더운 것 같기도 하다.

〈잠깐만요.〉

선혜가 힘겹게 그의 얼굴 아래로 손을 밀어 넣고 내의를 벗으려 애쓴다.

〈왜?〉

계영이 얼굴을 들고 그녀의 안색을 살핀다.

〈옷 좀 벗으려구요.〉

〈춥잖아.〉

〈오늘은 괜찮을 것 같아요. 답답해서.〉

계영이 몸을 일으켜 앉는다.

〈내가 할게.〉

그녀의 내의가 배 위로 올라가고 가슴을 지나 머리 위로 벗겨진다. 온전히 드러난 그녀의 가슴과 배. 계영이 큰 숨을 쉬더니 그녀의 가슴에 얼굴을 묻는다.

이불도 차버리고 완전한 알몸이 된 선혜.

두 사람은 아무런 방해물이 없는 서로를 깊게 안는다. 바다 깊이 들어가는 심해 상어처럼 그저 깊이깊이 가라앉고 있다. 소리도 빛도 느껴지지 않는 곳으로.

선혜의 가슴뼈가 앙상하다.

계영은 보지 못한 걸까. 그럴 리가 없다. 한낮이다. 방이 어둑하다 해도 햇살이 한창인 밖에 비해서 어두울 뿐이다. 누구 봐도 알아볼 수 있다. 계영이 보지 못했을 리가 없다. 선혜의 일을 모를 리가 없다. 더구나 선혜의 몸이다. 안고 있으면서도 그리운 그녀의 몸. 세상 누구보다 잘 알고 있다. 그녀를 낳은 엄마보다 더 자세히.

물론 계영은 즉각 알았다. 온 감각으로 느꼈다. 동시에 모든 감각을 동원해 자기가 본 것을 밀어내었다. 인식하고 싶지도, 알고 싶지도, 생각도 하기 싫은 사실이니까.

하고 싶지 않은 일을 모른 척해버리는 일.

보고 싶지 않은 일을 못 본 척해버리는 일.

계영의 뇌는 그런 착각의 늪에서 자꾸 위안을 찾으려 한다.

밀려오는 걱정에서 얼굴을 돌리듯, 눈을 감고 선혜의 가슴으로 파고든다. 계영의 뜨거운 손과 입술과 몸이 닿아있지 않은 선혜의 드러난 피부가 순식간에 차가워진다.

그녀의 몸에 돋기 시작한 소름.

왜 추운 것도 아닌데 소름부터 돋을까. 몸이 차갑다는 것과 추운 것은 분명 다르다. 선혜는 지금 춥지 않다. 하지만 몹시 차다는 걸 피부가 알려주고 있다. 소름으로.

그가 느꼈을까.

그녀는 신경이 쓰인다.

계영은 이불을 덮듯 온몸으로 그녀를 안는다.

왜 이렇게 차가운 걸까.

그러나 그 생각은 오래 하지 않는다. 하고 싶지 않은 생각이니까. 아니 생각이 나는 것만으로도 그 생각을 때려죽이고 싶으니까. 그 생각을 하고 있는 자신의 머리를 없애고 싶을 정도로.

그는 선혜의 차가운 이마에, 코에, **뺨**에, 입술을 맞춘다.

차가운 귀와 턱과 목에도 입술을 맞춘다. 가슴과 배에도 입술을 맞춘다. 내려갈수록 그녀의 몸은 점점 차갑지만 점점 뜨거워지는 그의 입술은 드디어 차가움을 느끼지 못하는 단계에까지 왔다. 그의 마음과 뇌가 일으킨 착각이 승리를 거두는 순간이다.

계영은 그녀의 몸이 따뜻해졌다고 느낀다. 따뜻하고 포근하며 아름답게 생동하는 몸이라 느낀다.

몹시 격렬하게, 그러면서도 허둥대는 계영.

선혜는 이제 춥다.

이불을 끌어 덮듯 계영의 뜨거운 팔과 다리 속으로 자꾸 파고든다. 그러나 선혜의 몸짓을 그저 약동하는 것으로만 받아들이는 그의 착각.

더 격렬해지고 더 허둥대는 계영.

선혜의 추위는 통증으로 변한다.

발이 몹시 아프다.

시리다 못해 아프기까지 한 발을 계영의 종아리에 밀착시켜 보지만 계영은 실상을 알아채지 못한다. 그저 생동하는 것으로만 느낀다.

폐암이라니.

담배를 피운 적도, 집에 담배를 피우는 사람도 없었다. 스포츠 센터는 건물 전체가 흡연금지라 담배 냄새를 맡을 수도 없다. 폐암의 원인이 오직 담배만이 아닌 걸 알지만 그래도 제일 먼저 떠오른 건 담배였다. 하긴 의사도 흡연여 부부터 물었으니까.

담배가 원인의 전부라면 선혜는 완전히 결백하다.

그리고 결백한 얼굴로 앉아 있었다.

믿기지 않아서 그랬는지, 그럴 리가 없다고 생각했는지 선혜는 정말 아무렇지도 않았다. 그냥 황당한 느낌. 주문 한 음식이 잘못 나온 듯한.

오히려 같이 앉아 듣고 있었던 계영이 더 놀랐다. 얼굴이 한 순간 종이 같이 하얗게 변했으니까. 선혜는 변해버린 계 영의 얼굴 때문에 비로소 가슴이 덜컥했다. 그러면서 그런 계영이 걱정되었다.

병원을 나오며 선혜는 계영을 위로했다.

〈아마 괜찮을 거야. 정말 오진이라니까.〉

하지만 자기도 자기 말을 전적으로 믿진 못했다. 그 병원이 첫 번째가 아니기 때문이었다. 처음 들었을 땐 둘 다 믿기지 않아서, 오진이라고 확신까지 하면서 병원을 옮겨 또 검사를 했다.

정말 오진이라고 생각해서 그랬는지는 잘 모르겠다. 확신한다는 걸 서로에게 보여주기 위해서 보란 듯이 다른 병원을 찾았는지도. 같은 심정이었는지도. 그것이 그때 할 수 있었던 유일한 위로의 방법이었는지도.

똑같은 결과 앞에서 둘은 현실을 어느 정도 인정했다.

그것도 각자의 마음속으로만.

겉으론 서로 경쟁하듯이, '괜찮을 거야' '아닐 거야'라는 공허한 말들을 주고받았다.

그러면서 계영은 치료 계획을 세웠다. 아니 계획이 아니라 계획과 동시에 실천했고, 일은 빠르게 진행되었다. 할 수 있는 건 다 하고 싶어 했다. 공기 좋은 곳으로 이사를 하는 것까지.

계영의 빠른 결단과 행동은 미더우면서도 안타까웠다. 그의 씩씩한 노력과 수고 속에 감추어진 절망과 공포. 선혜가 아무 말 없이 계영이 하자는 대로 할 수밖에 없게 만들었던 것은 바로 그녀를 향한 그의 마음이었다.

병원에 다니면서 좀 지켜보자.

계영까지 휴직을 할 필요가 있는가.

그런 말은 해보지도 못했다. 한 마디만 해도 그의 씩씩함이 무너질 것 같았다. 하지만 그의 마음이 크게 느껴질수록 선혜의 절망과 사랑도 무거워졌다. 그녀가 죽을 수 있다는 생각보다 더 무서웠던 건 그의 절망이었으니까. 정말 맹세컨대, 미안하지만 엄마보다 계영의 존재가 더 무거웠으니까.

절망과 사랑과 행복이 마구 뒤섞여 마치 울면서 웃는 것 같은 기분.

산골에서의 생활이 그랬다.

그런 나날이 위태하게 행복하게 안타깝게 흘렀다.

아니 위태하고 안타까운 것은 감히 드러나지 못했다. 그런 위험한 것들은 강 밑바닥의 모래처럼 물 아래로 납작 깔렸고 행복만이 보란 듯이 잔잔한 물이 되어 그들 위를 흘러갔다. 그래서 보이는 것은 온통 평화였다. 그녀도 그도 불안한 마음을 서로에게 드러내지 않았으니까. 행복하기로 작정한 사람들처럼. 불편하고 불안한 것을 숨기는 게임을 하는 것처럼 절대적으로 숨겼으니까.

감나무 묘목을 사면서, 3년이 지나야 열매를 볼 수 있다는 말을 들으면서, 열매를 볼 수는 있을까, 하는 생각이 스쳤지만, 〈어머나 우리 이제 감은 실컷 먹겠네.〉 했으니까. 그 말에 계영은 신나게 맞장구를 쳤다. 〈너무 많아 곶감 만들어야 되는 것 아냐?〉라고.

가지 모종을 사면서, 내년에도 이 모종을 사러 나올 수 있을까, 생각했으면서, 〈아주머니 가지 잘 열리면 내년에도 사러 올게요.〉 했으니까. 그리고 계영이 또 그렇게 맞장구를 쳤다. 〈아주머니, 가지는 어떻게 하면 제일 맛있게 먹을 수 있어요?〉 라고.

계영의 할아버지 할머니가 살았고 그의 아버지가 나고 자랐다는 집.

보지도 못한 분들이지만, 그들이 살았던 곳이라는 것만으로도 든든했던 집.

이사 온 첫 날 선혜는 그분들께 빌었다.

'조상님, 계영씨 잘 봐주세요. 손자고 아들이니 그렇게 해주시겠지요. 그리고 계영씨를 힘들게 하는, 아픈 제가 곱지 않겠지만 꼭 살려주세요. 저를 살려주시면 제가 더 잘 돌볼게요. 행복하게 해주고 맛있는 것도 많이 만들어주고

정말 잘 할게요.'

　이불을 끌어다 목 아래까지 덮어주는 계영.

　그는 여전히 알몸이다.

　〈춥다고 말을 하지.〉

　선혜를 덮은 이불 위, 그 옆에 베개를 베고 누우며 계영이 나직이 말한다. 말끝에 알듯말듯 한 한숨이 함께 새어 나온다.

　〈정말 추운 게 아니었다니까요. 소름만 돋았지.〉

　〈추운 게 아니었다면 누군가 소름끼치게 싫었단 말인데?〉

　계영은 손등을 선혜의 뺨에 갖다 댄다.

　〈완전 마술이네. 금방 따뜻해졌어.〉

　〈소름도 사라지고?〉

　〈응, 소름도 사라졌어.〉

　〈그럼, 그 말은 취소해야지요?〉

　〈무슨 말?〉

　〈누군가 싫어서 소름끼친 거라면서요?〉

　〈내가 언제?〉

〈계영씨, 늙었나봐. 방금 한 말도 기억 못하고. 내가 속았어. 완전 할아버지와 결혼했나봐. 엄마 말 새겨들을 걸.〉

〈하! 그럼, 한 번 더 실험해볼까. 소름이 돋는지 안 돋는지?〉

계영이 말이 끝나기 무섭게 선혜의 입술에 뽀뽀를 한다.

〈그렇게 빨리 지나가서야 어디 기별이나 올까?〉

〈그럼 길게 다시? 후회할 텐데?〉

〈후회? 누가? 계영씨가 아니고?〉

〈뭐라? 잠자는 사자의 코털을 건드렸겠다? 선혜씨 진짜 간다. 이제 말려도 소용없다고……〉

계영이 목까지 덮여있는 이불을 끌어내리는 시늉을 한다.

〈우와, 취소. 충분해요. 완전 충분.〉

선혜도 말로만 놀라는 시늉을 한다. 손도 까닥 않고 그대로 누운 채다.

〈새댁이 못하는 소리가 없네. 태연하게 서방님을 충동질하고 말이지.〉

계영이 베개에 머리를 다시 누이며 팔로는 이불에 덮인 선혜를 끌어안는다.

〈각시가 서방님 충동질 하지 누가 해요?〉

선혜도 머리를 계영 쪽으로 기댄다.

* * *

햇살이 맹렬한 한낮.

녹음이 짙어져가는 숲 속 작은 집.

작은 방 안에,

이불을 꼭꼭 덮은 여자와,

알몸인 남자가,

깊은 잠에 빠져 있다.

산길

산길은 눈에 덮여 있었다.

언제 내렸을까.

서울 하늘은 말짱했는데.

눈이 쌓였지만 얼어붙진 않아 크게 미끄럽진 않을 것 같다. 미끄럽다 하더라도 계영에게 상관이 있을지 모르겠지만.

계영은 위험을 느끼는 감각이 마비되어 버린 것처럼 속도를 줄이지 않고 눈길을 달렸다.

그의 마음속을 떠도는 위험한 생각.

차라리 선혜보다 먼저 죽어버리면 좋겠다는, 선혜가 가버리면 자기도 살 수 없을 거라는 생각이 조용히 요동치고 있다. 조용한 요동을 심각하게 받아들이지 않고 있는 그의 의식은 감히 그런 생각이 든 것조차 불경스럽게 느낀다.

필요한 것 챙겨가지고 빨리 돌아가야지.

곁을 비우면 안 되는데.

선혜는 내가 꼭 살린다.

이런 것들은 그저 자신에게 다짐하는 강박관념 같은 것이다. 의식하지 못한다. 그래서 조심스럽게 운전해야 한다는 것은 생각뿐, 실천이 되지 않고 있다. 생각으로만 조심하는 거친 운전은 눈길 위에 거친 자국을 내며 그의 뒤를 따른다.

그의 마음은 지금 몰래 반역을 꿈꾼다. 몸을 버리려하고 있다. 산길을 마구 달리고 굽이가 심한 길은 더 마구 달리고 낭떠러지를 지나칠 땐 아예 속도를 더 높여 시원하게 계곡으로 떨어지길 원한다.

하지만,

몰래 키우던 희망과는 달리 차는 안전하게 집 앞에 도착한다.

선혜는 겨울을 못 넘기고,

다시 오는 봄을 기다리지 못하고,

입원을 했다. 바로 이틀 전에.

미친 듯이 시작된 기침.

그때까지 볼 수 없었던 엄청난 기침.

멈출 기미도 없이,

숨이 넘어가도록.

생각만 해도 땀이 난다.

점심을 먹을 때도 그런 대로 괜찮았다. 기침이 간간이 나긴 했어도 금방 멈추었고, 점심을 먹은 뒤에는 햇빛이 좋은 마루에 앉아 따끈한 버섯 달인 물을 마셨다.

겨울 해는 짧아서, 아니 해가 아직 한참 남아 있었지만 햇살의 열기가 힘을 잃어 방으로 들어가야겠다고 생각하던 터였다. 그리고 선혜가 막 기침이 터지고 있던 참이기도 했다. 계영은 서둘러 일어났고 선혜는 일어서지 못했다. 기침을 하면서 앞으로 도로 엎드러지고 있었다.

멈추지 않았다.

충혈된 눈에서 눈물이 흐르고 목의 핏줄이 무섭게 두드러지고 이마에도 핏줄이 돋았다. 곧 숨이 멎을 것 같았다. 그런데 기껏 계영은 선혜의 팔을 잡고 일어섰다 앉았다 허둥댄 것밖에 없었다. 너무 무서웠다. 정말 무서웠다.

영원 같은 시간이 흐르고 기침이 멈추었다. 선혜가 기진해서 숨을 헐떡일 동안 계영은 자동차 키를 가지러 방으로 들어갔다. 키를 가지고 나오는데 또 기침이 시작되었다. 길어야 몇 십초, 숨 고를 시간을 주다 다시 시작되곤 했다.

해가 기울어 가는데 출발했다.

꼭 다시 집으로 돌아오고 싶은 마음에 일부러 입원준비를 하지 않았는지도 모르겠다. 아니 그럴 시간이나 있었을까. 그럴 정신이 있었을까. 계영은 너무 겁이 났고 선혜는 아무 말도 하지 못했다.

선혜는 알고 있었다. 자신의 몸이다. 가망이 없다는 걸 알면서도 차마 계영에게 마음을 보이지 못했던 것뿐이다.

하지만 현실은 현실.

외면한다고 현실이 바뀌진 않았다.

선혜는 입원을 했다.

갈아입을 속옷 한 벌 없이 떠난 길.

집을 나설 때만 해도 눈곱만큼의 희망이 있었다. 비록 아픈 그녀지만 함께였다. 뒷자리에 선혜가 있었다.

그러나 그 길을 계영은 지금 홀로 달려왔다.

〈금방 갔다 올게.〉

결코 금방 다녀올 수 있는 거리가 아니지만 그렇게 말하며 병실을 나왔다.

〈올 때 두꺼운 점퍼로 바꿔 입고 와요.〉

되는 대로 걸치고 온 계영의 스웨터는 외출용으론 얇았다.

〈응.〉

대답을 하면서 돌아보진 않았다.

돌아보지 않은 채 문을 닫고, 복도를 지나고, 승강기를 타고 내리고, 병원 문을 나와서도 곧장 앞만 보고 걸었다. 주차장에서 차를 몰고 나오면서도 뒤는 한 번도 돌아보지 않았다. 하지만 자신의 그런 행동을 그는 의식하지 못한다. 뒤를 돌아보아야 할 때조차도 애써 피하고 있다는 걸 모른다. 잠깐 후진만 하면 빨리 주차장을 빠져나갈 수 있는데 굳이 빙 돌아 나왔다는 것조차도. 마음이 몹시 급한데도. 빨리 갔다 빨리 와야 되는데도. 자기가 없는 동안 선혜가 혼자 있어야 하는데도 말이다.

뒤를 돌아보는 것만으로도 과거가 될 것 같은 두려움.

선혜가, 선혜와의 생활이, 그동안의 기억이 몽땅 과거가 되어버릴 것 같은 두려움.

도대체 그런 망상이 왜 생겼는지,

그런 믿음을 누가 주었는지,

굳은 맹신이 계영의 유연성을 점점 빼앗아가고 있다. 그래서 앞만 보고 달렸다. 백미러도 사이드미러도 보지 않고 앞만 보고 달렸다. 백미러에 선혜가 보이지 않는다는 걸 인식하기 싫어서인데도 그걸 모른다. 계영은 지금 너무 많은 걸 모른다. 자기의 생각조차 알지 못한다. 알고 싶어 하지 않는다. 바보가 되어 가고 있다. 앞만 보는 바보는 눈이 온 구불구불한 산길도 고속도로처럼 달린다. 바퀴가 커브 길에서 미끄러지는 것도, 불안한 마찰음 소리도 듣지 못한다. 잘 달린다. 자동차 경주였다면 박수를 받을 정도로 훌륭한 솜씨. 어쩌면 운전에만 몰입했기 때문에 그렇게 할 수 있었을지 모르겠다. 앞만 보았기 때문에 그렇게 할 수 있었는지도.

그리고 하늘은 아직 그를 데려갈 생각이 없나 보았다.

계영의 차는 집까지 아무 일 없이 와주었다.

감나무 어린 가지가 눈에 덮여 있다.

골목길도 하얗다.

계영은 발자국을 내며 길을 따라 간다.

그들이 나간 뒤로 아무도 밟은 흔적이 없는 길.

발자국이 홀로 계영의 뒤를 따르고 있다.

하얀 마당.

마당 앞에서 잠시 걸음을 멈춘다. 따르던 발자국도 다소곳하게 그의 뒤에 멈춘다. 수돗가에 놓여 있는 양동이가 눈 속에 앉아 있다. 화단에도, 댓돌에도, 마루에도 눈이 흩날려 앉았다. 그리고 마루 위에 덩그러니 앉아 있는 컵 두 개. 주인도 없는 집에서 식어버린 몸으로 밤을 보내고 또 눈을 맞고 했나 보다.

계영은 마당을 가로지른다. 다시 그를 따르는 발자국.

따뜻한 차를 마셨던 컵은 완전히 차가워졌다. 댓돌 위에서 컵을 먼저 집어든 계영이 눈이 흩날려 앉은 마루에 앉으며 울었다.

〈선혜야!〉라고 목 놓아 부르면서.

아이처럼 엉엉 울었다.

그는 오래 울었다. 컵을 잡았던 손이 컵처럼 차가워질 때까지. 아니 컵이 그의 손 안에서 좀 따뜻해 졌는지도 모르겠다.

눈물이 그치자 방으로 들어갔고 서랍을 열고 옷을 챙기기 시작했다. 선혜 팬티. 선혜 셔츠. 선혜 스웨터. 선혜 목도리. 그렇게 혼잣말을 중얼거리면서.

두 가방에 잔뜩 짐을 싸놓고 방에 깔린 이불 속으로 들어갔다. 잠시 앉아만 있자 했던 것이 이불을 덮자 눕고 싶어졌다. 이불을 턱밑까지 당겨 올리고 누웠다. 이불에서 선혜 냄새가 났다. 코가 찡해지더니 눈물이 났다. 이불을 덮어쓰고 또 울었다.

　숨이 답답해지고 머리가 몽롱해지는 데도 이불을 걷어내
지 않았다.

＊ ＊ ＊

　눈으로 덮인 숲 속의 작은 집.

　작은 집의 작은 방 안.

　이불을 뒤집어 쓴 남자가 혼자 잠에 빠져 있다.

　잠에 빠져 그리운 엄마를 만나고 있다.

　엄마에게 안겨 잠이 드는 꿈을 꾸고 있다.

　그 꿈에서 또 꿈을 꾼다.

　선혜를 안고 있다.

　선혜를 안고 잠이 든다.

　숲 속의 작은 집에,

　울다가 지쳐 잠이 든 남자가 꿈속에서 웃고 있다.

See you again

오늘도 오빠가 왔다.

그리고 대문 앞에 그냥 서 있다. 언제나처럼.

2층 난간에서 골목을 내려다보던 선혜는 계단을 내려와 마당으로 나온다. 계단은 건물 외벽에 따로 설치되어 있어 주인집을 거치지 않고 마당으로 내려올 수 있다.

2층에는 선혜 모녀가 세 들어 사는 방 외에 방이 하나 더 있지만 그 방은 바로 1층 거실로 통하는 계단으로 연결되어 있다. 방주인은 주인집 딸, 미진 언니. 고등학생인 미진 언니는 아침 일찍 나가서 늦게야 돌아오지만 그 방 앞에서 절대로 소리를 내선 안 된다.

엄마 말이 언니가 있건 없건 무조건 조용하라고 했기 때문에 선혜는 2층으로 올라가는 계단을 밟는 순간 까치발이 된다. 그래서 방 안에 있지 않고 나와 놀더라도 2층에서 하는 일은 아주 제한되어 있다. 가만히 난간에 서서 골목길을 내려다보거나 책을 들고 나가 난간에 등을 대고 앉아 읽는 일뿐이다. 그러나 책을 읽는 시간은 하늘에 해가 있을 때뿐이라 엄마가 야간근무를 할 때면 별 수 없이 골목을 내려다보고 있는 시간이 길어진다.

그 오빠도 2층 난간에서 골목을 내려다보다 발견했다.

사실은 이사 오던 첫 날부터 보았는지도 모른다. 그런데 그날은 기억이 잘 나지 않는다. 보았는지 못 보았는지도.

이사하느라 하루 종일 시달렸기 때문이다. 심부름 하느라 시달린 게 아니라 엄마를 살피느라 힘이 들었다. 물 떠오너라, 걸레 찾아오너라, 같은 자잘한 심부름이야 본래 선혜 몫이어서 시키는 대로 하면 되었지만, 그것보다 엄마가 하도 울어 정신이 없었다. 짐 하나 풀다가 울고, 그릇 하나 챙겨 넣다가 울고, 물을 마시다가도 울었기 때문이다. 엄마가 울 때마다 자기는 무엇을 해야 할지 알 수 없었다. 사실 엄마가 울 때마다 눈물이 났지만 울지는 않았다. 왠지 참아야 할 것 같았기 때문이다. 눈물은 그럭저럭 참을 수 있었는데 엄마를 위해 할 수 있는 일이 무엇인지는 도무지 알 수 없었다. 그래서 울 때마다 엄마를 몰래 살피며 가만히 하던 일을 멈추고 서 있거나 앉아 있었는데 그것이 심부름을 하고 있는 것보다 더 힘이 드는 것처럼 느껴졌다.

엄마가 울 때마다 아빠 생각이 났다. 엄마가 우는 이유가 아빠 때문일 거라는 것 정도는 알고 있다.

아빠는 병원에 계시다 돌아가셨다.

선혜는 아빠만 떠올리면 환자복과 병원 생각이 난다. 병원에 누워 있었던 건 1년도 안되는데 왜 그 생각만 나는지 모르겠다. 다른 기억이 아주 없는 건 아니지만 생생하지가 않았다. 선혜와 많이 놀아주고 공원에도 자주 가고 했다는데 마치 지우개로 지운 것처럼 자국만 있고 희미했다.

아빠가 죽고 난 뒤 엄마가 사진첩을 들쳐보며 선혜야, 여기가 해운대다, 하고 가리키는 사진을 보면 꽃모자를 쓰고 앙증맞은 수영복을 입은 아기 선혜가 아빠에게 안겨있고, 우리 진해 갔을 때다, 하고 가리키는 사진을 보면 선혜가 흰 원피스를 입고 엄마 아빠 사이에서 활짝 웃고 있지만 도무지 기억이 나지 않는다.

하여튼 엄마는 그날, 울 핑계를 찾는 사람처럼 온갖 이유를 대며 울고 또 울었다. 짐을 다 버리고 왔는데도 집이 작아서 들어갈 데가 없다면서 울고, 빚이 많아 집을 팔지 않을 수가 없었다며, 그래서 선혜방이 없다고, 미안하다고 하면서도 울었는데, 사실 선혜는 집이 작아져서 슬픈 게 어떤 건지 알 수 없었다. 전에 살던 집에 자기의 방이 있긴 했지만 선혜는 혼자서 잔 적도 없고 거의 안방에서 놀고 자고 했기 때문이다.

물론 나중엔 엄마가 왜 그런 말을 하면서 울었는지 어렴풋이 알 것 같은 일을 겪기도 했지만 말이다.

주인집 아주머니가 엄마에게 무슨 소리를 계속하는데 엄마는 아무 말도 없이 고개를 숙이고 네, 네, 하고 있는 걸 봤기 때문이다. 그때 엄마는 꼭 꾸중 듣고 있는 아이 같았다. 선혜가 엄마에게 잔소리를 들을 때처럼 말이다. 엄마는 아이도 아닌데, 왜 저러고 있을까.

아주머니는 엄마에게 왜 저러는 걸까.

그 모습이 이상해긴 했어도 나서서 물어보지 못했다. 그냥 엄마가 하는 대로, 선혜도 따라서 절로 고개가 숙여졌을 뿐이다. 그런 날은 엄마가 선혜를 안고 반드시 한바탕 울고야 말았다.

사실 선혜가 엄마에게 말을 일일이 하지 않아서 그렇지 주인아주머니는 선혜를 붙들고도 여러 가지 부탁을 했다. 그게 부탁인지는 모르겠지만. 주인아주머니가 '얘, 선혜라고 했지? 부탁 좀 하자'며 항상 말을 시작했기 때문이다. 부탁 좀 하자면서 말은 빠르고 표정도 무서워보였다. 엄마가 선혜를 꾸중할 때보다 더 무서운 얼굴이었다.

2층에서는 발소리도 내지 마라. 언니가 공부하는 방 앞으론 될 수 있으면 지나가지도 마라. 마당에서도 뛰지 마라, 소리는 위로 다 올라간다. 누가 문 두드려도 함부로 문 열어주지 말고, 문 열어놓고 골목에 나가 놀지 마라. 마당에서 과자 먹지 마라, 개미 끓는다. 등등 부탁이 많았다. 그리고 엄마가 안 계실 땐 해 지면 아예 집 밖에 나갈 생각도 말라고 했다. 해가 지면 나가지 말라는 말은 엄마도 선혜에게 늘 하는 말이었다. 그래도 아주머니가 그 말을 할 때는 왠지 가슴이 좀 답답해지는 것 같았다. 마치 문도 없는 방 안에 갇히는 것처럼.

그래서 나중에는 이사 오던 날 엄마가 그렇게 울었던 이유가 아빠 때문이 아니라 주인아주머니 때문일지도 모르겠다고 생각한 적도 있었다.

어쨌든,

이사 오던 날은 엄마가 하도 울어 정신이 없어서 그 오빠를 봤는데도 기억이 나지 않는 지도 모르겠다. 난간으로 뛰어 가 와! 골목이 다 보이네, 하고 신기해했던 기억은 나니까.

아빠가 돌아가시고 난 뒤에 엄마는 빵공장에 다녔다. 아빠가 건강할 땐 돈을 잘 벌었다지만 2년 넘게 아파서 돈벌이를 못했다. 나중엔 병원에 계시다 돌아가시는 바람에 병원비로 돈을 다 써버리고 빚까지 져서 집을 팔아야 했다. 그리고 세를 얻어 온 집이 그 집이었다. 엄마는 그때부터 빵공장에 다니기 시작했는데 낮에 일하는 날과 밤에 일하는 날이 돌아가며 있었다. 낮에 일하는 날도 아침 일찍 가서 저녁때가 지나야 들어왔고 밤에 일할 때는 이른 저녁을 먹고는 곧바로 가야 했다.

낮에 엄마가 집에 있는 날이라도 잠을 자야 했기 때문에 선혜는 어차피 혼자 놀아야 하는 시간이 많았다. 그래도 엄마가 방에서 자고 있는 시간엔 혼자 놀아도 덜 심심하고 무서운 생각도 들지 않았지만 엄마가 없으면 무서운 생각이 자주 들었다. 특히 엄마가 저녁을 먹고 밤일을 가버렸을 때가 제일 싫었다. 시간이 왜 그렇게 더디게 가는지. 아예 깜깜해져 방에 들어가 잠이 들어버리면 괜찮지만 그 전까지는 어떻게든 시간을 보내야 했는데, 시간이 제일 잘 가는 장소는 2층 난간이었다. 그곳에서 골목을 내려다보고 있노라면 어느새 하늘에 별이 뜨고 골목엔 창문에서 나오는 불빛이 비쳤다. 창문 불빛이 많아지면 잠이 왔고 선혜는 그 시간을 놓치지 않고 얼른 방으로 들어가 잠자리에 눕곤 했다.

오빠는 선혜가 2층 난간에서 골목을 내려다보며 시간을 보내고 있는 어느 날 눈에 들어왔다.

어둑한 골목에, 주인집 문 앞에 서 있었다. 교복을 입고 가방을 든 채였다. 처음 봤을 땐 누군가를 기다리고 있는 사람이라고 생각했다. 그런데 아무도 만나지 않았다. 지나가는 사람이 많았지만 그냥 지나가기만 했다. 약속한 사람이 오지 않았구나, 그런 생각을 했다. 하지만 다음 날도, 그 다음 날도 오빠는 왔고 혼자 서 있다 문득 사라졌다.

어떤 날은 위를 쳐다보기에 깜짝 놀라 뒤로 물러났지만 이어지는 다른 행동은 없었다. 어쩌면 위를 본 것이 아닐지도 모른다는 생각이 들었다. 고개를 쓱 들었다고 생각되는 순간 시선이 옆으로 돌려지고 다시 땅으로 떨어졌기 때문이다.

날마다 나타나는 오빠.

주인집에 볼 일이 있는 것도 아니고.

누군가를 만나는 것도 아니고.

오빠가 보이지 않는 날이 오히려 이상해질 정도로 거의 매일 왔다. 왜 거기 서 있는지 궁금해서 물어보려고 마당으로 내려간 적도 있었다. 그런데 용기가 없어 나가진 못하고 대문 틈으로 엿보기만 했다. 모자를 눌러써서 눈이 잘 보이진 않았지만 잘 생긴 것 같았다.

대문간에 달린 전등이 동그랗게 빛을 뿌리는 언저리에 숨은 듯 서 있던 오빠. 몸의 대부분을 어둠 속에 두고 얼굴과 윗옷 앞자락만 살짝 빛 속에 보였다. 가까이에서 보니 오빠는 그냥 한 없이 서 있는 사람 같았다. 누구를 기다리는 것 같지도, 무엇을 생각하는 것 같지도 않았다. 마치 자기처럼. 자기가 2층 난간에 기대 서 있을 때처럼, 그냥 마냥 서 있는 사람 같았다. 표정 없는 동상 같기도 했다. 그런데 그 동상이 왠지 울고 있다는 느낌이 들었다. 오빠를 쳐다보던 선혜의 코끝이 괜히 찡해져 그만 울고 싶은 기분이 들었으니까.

'오늘은 정말 물어봐야지.'

난간에 서서 오랫동안 오빠를 기다렸다.

엄마가 공장에 가려고 나올 때 따라 나와 그때부터 난간에 있었다. 그날은 흐려서 별도 보이지 않았다. 하늘을 봐도 재미가 없어서 골목만 내려다보고 있었다. 서 있는 것이 버릇이 돼버려 그냥 서 있었다. 나중엔 오빠를 기다리고 있었던 것조차 잊어버렸는데, 잊어버리고 있었구나! 하는 생각이 어느 순간 들었다. 그리고 슬퍼졌다. 물어봐야겠다고 다짐을 하는데 오빠의 표정이 떠올랐고, 슬퍼졌던 것이다.

표정이 없었던 그 얼굴.

아빠의 표정도 함께 떠올랐다.

아빠가 병원에 있을 때,

병원에 가면, 아빠가 '선혜, 왔니?' 하고 웃는다. 아니 웃어 보인다. 정말 억지로 웃는 표정을 짓는 아빠. 그 표정이 끝나면 그냥 선혜를 바라보거나 아님 천장을 보고 가만히 있는데, 자꾸 아빠가 아닌 것 같은 생각이 들곤 했다. 분명히 아빠인데 아빠 표정이 아니었다. 화가 나 있는 것도 같고, 선혜를 귀찮아하는 것도 같았다.

아빠 생각을 하고 있었는지, 오빠 생각을 하고 있었는

지, 잘 모르겠지만, 그러고 있는 사이 오빠가 나타났다. 소리도 없이. 눈은 내내 골목을 보고 있었는데 왜 걸어오고 있는 걸 보지 못했는지 모르겠다.

오빠는 어둠 속에 서 있던 사람에게 빛을 비춘 것처럼, 정말 갑자기 눈앞에 나타났다. 대문 등이 비치는 동그란 테두리 언저리에 서서 우두커니 대문을 보고 서 있는 오빠.

선혜는 까치발로 미진 언니 방 앞을 지나 계단을 내려갔다. 그러나 계단을 다 내려가 마당을 가로지르려다 멈칫한다. 주인아주머니가 막 현관문을 열고 나왔기 때문이다. 현관문을 나선 주인아주머니는 바로 대문으로 향했고 문을 열었다.

어디 가는 걸까? 하는 생각이 끝나기도 전에 날카로운 목소리가 들렸다. 엄마에게 잔소리를 할 때보다 더 무서운 소리였다. 그런데 그건 분명 오빠에게 하는 잔소리였다. 선혜는 마당을 가로질러 열려진 대문 앞까지 갔다. 주인아주머니의 등과 오빠의 얼굴이 보였다. 오빠의 얼굴을 가까이에서 온전히 처음 본 순간이었다.

불빛에 드러난 오빠의 얼굴은 정말 잘 생기고 정말 슬픈 얼굴이었다. 보기만 해도 눈물이 나는데 주인아주머니는 큰소리로 오빠를 꾸짖고 있었다. 오빠는 엄마나 나처럼 아무 소리도 못하고 있었는데 왠지 화가 났다. 엄마가 그러고 있을 때와는 달리 아주머니에게 막 달려들고 싶은 욕망이 꿈틀거렸다. 물론 아무 짓도 못하고 그 자리에 서 있었지만.

아주머니는, 왜 밤마다 남의 집 문 앞에서 서성거리느냐? 고 큰소리로 물었지만 대답할 시간은 주지 않았다. 한 번만 더 얼쩡거리면 경찰서에 신고하겠다는 말에 오빠의 고개가 푹 숙여졌다. 순간 선혜의 눈에서 눈물이 뚝, 떨어졌지만 선혜는 느끼지 못했다.

고개를 숙인 채 오빠는 등을 돌렸고, 아주머니도 등을 휙 돌리고 들어왔다. 문 옆에 선혜가 서 있는 것도 보지 못했는지 그대로 대문을 쾅 닫고 소리 나게 신발을 끌며 들어가 버렸다.

선혜는 대문을 열고 골목으로 나갔다. 오빠는 벌써 어둠 속 저 멀리 가고 있었다. 순간 뛰어가 볼까 하는 생각이 들었지만 그러진 않았다. 그냥 그 자리에 한참동안 서 있었다. 다시 2층으로 올라가 난간에 서 있었지만 오빠 생각이 계속 났다.

정말 오빠는 다시 오지 않을까.

오빠는 오지 않았다.

엄마나 선혜처럼 오빠도 주인아주머니 말을 잘 듣는 것 같았다.

다시는 오빠를 볼 수 없었다.

그래도 매일 기다렸다. 난간에 서서 골목을 내려다보며.

어차피 할 일이 그것뿐이어서 그랬던 건 아니다. 정말 오빠를 기다렸다. 한 번만 더 봤으면 했으니까. 한 번만 더 오면 정말 물어보고 싶었으니까. 누구를 기다리느냐고. 아니, 왜 매일 와서 서 있었느냐고.

중학교에 들어가던 해, 그 집을 떠났다.

그리고 오빠도 잊어버렸다.

2층 난간에서 골목을 내려다보는 시간이 내내 있긴 했지만 학교에 들어가고 학년이 높아지면서 차츰 서 있는 시간도 줄었다. 나중엔 습관처럼 한 번 슬쩍 내려다보는 걸로 끝나는 날도 있었다.

오빠는 정말 잊혀 졌을까.

아니 묻어두었던 모양이다.

오빠의 얼굴.

그 얼굴.

* * *

선혜는 눈을 떴다.

시야 속에 오빠의 얼굴이 있었다.

오빠? 아니 계영씨?

그랬구나.

그걸 왜 몰랐을까.

왜 몰라보았을까.

말을 하고 싶은데 입이 움직이지 않는다.

선혜는 깨닫는다.

나는 지금 죽어가고 있다.

혼자 두고.

그를, 오빠를 혼자 두고.

선혜를 향해 있는 그의 눈빛.

골목길에 서 있던 오빠의 얼굴.

왜 왔는지,

무얼 기다리고 서 있었는지,

아직 물어보지도 못했는데.

미안해.

다시 올게.

꼭 다시 찾을게.

3부

성수

이사하던 날도 둘은 티격태격했다.

심지어 달래는 '나 혼자 성수집으로 가버리든지 해야지 안 되겠네' 해서 아내를 긴장시켰다. 어머니 성격에, 병들어 움직일 수 없어도 요양시설에 몸을 의탁했지 아들, 며느리와 살 분이 아니라고 믿고 있던 아내도 순간 움찔했다. 농담이라도 그런 농담은 싫은 모양이었다. '아이참, 어머니도. 저희 집에 오시는 거야 괜찮지만 아버님 섭섭하시게 왜 그러세요'라며 말은 곱게 했지만 목소리의 떨림까지 감추진 못했다.

두 분 고집 때문에 고향집을 헐고 새로 지어 이사까지 하게 되었지만 이사하는 날까지도 엉뚱하다는 생각은 사라지지 않았다. 도무지 그런 낌새를 보인 적도, 또 자식들이 납득할 만한 이유도 찾을 수가 없었다. 낙원이 고향집에 특별한 애착을 가지고 있었던 것도 아니었고, 달래의 시골 생활은 더구나 말도 안 되는 소리였다. 흙과 시골을 대하는 달래의 태도는 누가 봐도 알아챌 정도로 적대적이었다. 그건 도저히 성수만의 착각일 수가 없다. 동생 성민이는 물론이고 아내와 제수씨까지 확신하고 있는 사실이다.

낙원과 달래가 자식들을 불러놓고 선포를 할 때만 해도 믿는 사람은 아무도 없었다. 그때까지의 두 분 생활방식과 사고는 그만큼 도시형이었다. 그래서 고향집 이야긴 마치 어른이 되어 동화를 읽은 것처럼 도무지 현실감이 없었다. 그날 집을 나오면서 성민이 한 말이 있다.

〈두 분이 정말 시골로 내려가신다면 형이 내 동생 할래?〉

그 말에 성수도 맞장구를 쳤었다.

〈기꺼이!〉

아내와 제수씨는 그냥 웃기만 했다. 어차피 자기들과는 별로 상관이 없다는 뜻이리라. 사실 상관이 없는 정도가 아니라 환영할 일이었는지도 모른다. 시댁이 멀어지는 일이니까.

　고향집엔 얼마 전까지 계영이 살았다는 이야긴 들었다. 계영이 살기 전엔 거의 폐가였고 고향에 가도 둘러보지도 않은 채 방치되어 있었다. 완전히 잊어버리고 있었다고 해야 맞겠다. 낙원은 모르겠지만 달래는 결코 계영이 살고 있을 때도 가보지 않았을 것이다. 가보았다면 무슨 말이든 나왔을 텐데 전혀 없었다. 그리고 낙원은 생계에 필요한 말, 좀 심하게 예를 들면 저녁은? 점심은? 같은 말 외에 의사표현을 하지 않는다. 그만큼 심정을 드러내는 일이 없으니 방문했더라도 식구들이 모르고 있을 확률이 더 높다.

　계영에 관한 일은 그가 대학입학 후 집을 떠난 후론 기억나는 게 없다. 들은 적이 없을 지도 모르겠다. 그렇게 너무 오래 잊고 살아 의식에서도 사라졌던 모양인지, 어머니로부터 계영이 결혼하겠다며 찾아왔단 말을 들었을 땐,

　누구? 계영?

　아하, 계영이!

　했을 정도였으니까. 그러면서도 무심했구나, 하는 생각조차 들지 않았다. 그랬으니 잘 지내고 있느냐? 어떤 여자라

고? 집은 어떻게 수리하고 들어갔다더냐? 따위의 질문이 있었을 리 없었다. 성수에게 계영은 고향집만큼이나 오래 전에 사라진 존재였다.

그랬던 계영이 부모의 이사로, 한때 식구였던 성수의 기억 가장자리로 슬쩍 얼굴을 내밀고 있었다.

'어머니는 지나치게 깔끔하고 자존심도 세다.'

이건 아내 표현이다. 정확한 판단이리라 생각한다. 성수도 자신을 낳고 기른 분이니 느끼는 바가 있지만 여자를 보는 눈은 역시 여자가 한 수 위라는 걸 인정한다. '아내'라는 여자와 살면서 저절로 터득된 지혜라고나 할까.

하여간 어머닌 입버릇처럼 그랬다.

'자식, 며느리랑 같이 살면서 벌 서기 싫다. 며느리만 시집살이 하는 게 아니라 나도 며느리살이다. 그러니까 각자 살림 각자 알아서 잘 꾸리자. 나도 도움 바라지 않을 테니 너희들도 애 낳아 키우면서 손 벌릴 생각 마라.'

라고.

결혼을 허락하면서, 결혼도 하기 전에 아내에게도 했던 말이었다.

처음에 아내는, 말은 그렇게 했어도 손자가 생기면 마음이 달라질 거라고 믿었던 모양이었다. 같이 살 마음 없다는 말은 온전히 받아들이면서 손자 문제는 멋대로 해석을 하고 있다가 나중엔 섭섭해 하기도 했다. 어머닌 정말 손자를 데리고 다니러 온 경우에만 귀여워했지 절대로 맡기는 걸 허락하진 않았다. 처음에 부탁했다가 꽤 섭섭해 하던 아내도 나중엔 궁극적으론 차라리 편하다고 했다.

먼지든 사람이든 톡톡 터는 성격인 어머니 달래가 전원주택, 아니 산골에 살겠다니. 아버진 그래도 고향이니까 백번 양보해서 그럴 수 있다 치더라도 어머닌 정말 아니었던 것이다.

그런데 두 분의 선포가 말로만 끝나지 않았다.

낙원은 정말 공사를 시작했고 성수와 성민은 긴가민가하면서도 집 짓는 걸 봐주지 않을 수가 없었다.

집이 완성될 때까지도 믿기지 않았던 이사.

짐이 실리고 승용차에 분승해서 운전을 하고 가면서도 설마, 설마, 했다.

그리고 짐을 정리하는 내내 둘은 부딪쳤다. 평소처럼.

성수와 성민이 보아왔던 낙원과 달래의 일상은 거기에서도 똑같았다.

달래는 낙원이 의논하지 않고 멋대로 짐을 들여놓는다고 타박을 하고 낙원은 사사건건 잔소리를 해서 사람 진을 빼놓는다고 화를 냈다. 무뚝뚝함과 까다로움이 서로를 못마땅해 했다. 성수, 성민 형제가 입을 닫고 각자의 방으로 들어가게 했던 바로 그 싸움. 머리도 꼬리도 없는 끝도 없는 전쟁.

그러다 결국 둘은 서로에게 함구를 하고 묵언수행에 들어갔다.

그것도 그들의 일상이었다.

그 묵언수행이 이사하는 첫날부터 되풀이되고 있었다.

두 분이 서로를 외면하고 있는 가운데 대충 짐이 들어오고 자식 며느리의 눈짓들 속에 살림이 자리를 찾아갔다. 어떻게 해놓아도 까다로운 달래 마음에 온전히 들긴 힘들 테지만 지금 당장은 그렇게 할 수밖에 없었다. 두 분 입이 풀려 지시를 할 때까지 기다릴 수도 없는 것이, 묵언수행이 대개는 며칠 동안 계속되기 때문이다.

하여튼 이사가 끝나고,

준비해 온 음식을 마루에 펼쳐놓고 먹고,

그래도 어두워지기 전에 그곳을 나설 수 있었다.

석양 속에 제법 그림 같았던 집 마당에서 두 분이 손을 흔들었다. 주변 경치 때문에 그랬는지, 맑은 공기 탓이었는지 다정해보이기도 했다.

오면서 아내가 길어야 세 달이라고 했다. 특히 달래가 먼저 손들 거라고.

두 분은 자주 다툰다. 오늘도 다투었다. 서울에선 다투어도 각자 빠져나갈 숨구멍이 있었다. 그래서 크게 불편을 느끼지 못했을 수도 있다. 낙원은 낙원대로 낚싯대를 메고 나가버리고 달래도 갈 곳은 얼마든지 있었다. 특히 일 없이도 백화점을 둘러보는 게 취미였다. 잘 차려입고 나가서 옷이나 침구나 그릇 구경을 하고, 외식을 하거나 차도 마시며 시간을 얼마든지 보낼 수 있었다.

그런데 그곳엔 백화점이 없다. 읍내에 나가려 해도 자동차로 30분은 달려야 한다. 물론 작은 읍이라 백화점은커녕 번듯한 상점도 없는 형편. 5일 만에 열리는 장이 서야 제법 다양한 반찬거리를 구할 수 있는 곳일 뿐이다. 하지만 그런 것들이 구경거리가 될까. 그러니 달래가 손을 들고 나오는 건 시간문제라고.

성수는 아내가 떠드는 걸 듣고만 있었지만 맞는 말이었다.

그랬다.

그들이 변하지 않는 한 행복한 전원생활을 기대하긴 어려웠다.

그런데 불과 일주일 만에 다시 본 두 분은 전혀 다른 사람이 되어 있었다.

아무리 철저한 준비를 하고 떠난 여행이라 해도 빠뜨린 게 있게 마련이다. 그게 아니라면 아쉬운 거라도 생기든지. 여행이 아니라 이사라 해도 상황은 비슷하다. 어차피 살던 집을 떠나 생활하는 환경이 달라지는 것이니까. 더구나 그곳이 대도시 한가운데가 아닐 경우에는 매우 당황스럽기까지 하다.

낙원과 달래의 시골 생활이 딱 그것이었다.

생각보다 자질구레하게 아쉬운 것들이 자꾸 생겼다.

서울 한가운데 살 때는 전혀 불편을 느끼지 못했던 것

들. 좀 우습게 여겨질지 모르지만, 단팥빵 하나가 먹고 싶어도 거기선 엄청 큰 일로 다가왔다. 우선 차를 몰아 읍내에 나가야 한다. 그리고 읍내에 딱 하나밖에 없는 빵집을 찾는다. 그런데 찾는 빵이 없다. 다 팔렸을 수도, 아니면 어쩌다 없는 날이 걸렸는지도 모르겠다. 하여튼 다른 곳을 찾을 선택의 여지도 없는 유일한 그곳에 원하는 것이 없다. 없으면 더 아쉽게 느껴지기도 하는 것이 인지상정. 그런 상황에 익숙하지 않은 사람들은 상당히 당황스러울 수 있다. 그리고 입맛이 하루아침에 변하는 것도 아니니 낭패라면 낭패다.

그래서 성수는 일주일 만에 다시 방문을 하게 된 것이다.

이사한 다음 날부터 필요한 것들이 생기더니 전화할 때마다 늘어갔다. 필요한 게 많아지자 적어 두었다가 자기가 한 번 서울 나들이를 해야겠다고 했다. 그렇지만 성수가 괜찮다고, 휴일에 가겠다고 하자 아주 반색을 했다. 안 그래도 달래가 차 오래 타는 걸 좋아하지 않아서 걱정했다면서. 자주 부탁하지 않을 테니 한번만 수고하라며 몹시 미안해하기도 했다.

이상하긴 했다. 앞뒤 사정 설명하며 부탁하는 건 낙원

스타일이 아니다. 더구나 어머니 걱정이라니. 달래가 피곤해한다는 말엔 당황스럽기까지 했다.

어머니가?

건강 걱정?

집안에서 어머니 건강을 염려한 사람이 있었던가?

물론 흔한 감기도 잘 앓지 않았으니 무심할 수 있었는지 모른다. 자식들은 물론이고 아버지가 어머니의 건강을 앞세워 염려하는 말을 들어본 적이 없었다. 아내 말대로 남자는 전부 이기적이라 자기들이 아프면 온갖 병수발을 당연히 받으면서도 아내 아플 때는 짜증이나 낸다고. 그저 엄마 치마에서 마누라 치마로 옮겨 앉은 것 같다고. 그 말에 성수는 할 말이 없었다. 아버지도 자기도 정말 딱 그만큼이었으니까.

달래가 감기라도 걸려 있을 때 보이는 낙원의 반응은, 약은 먹었어? 가 다였다. 그것도 아픈 게 걱정이 되는 게 아니라 자신의 평화로운 일상이 깨지는 게 싫으니 약 먹고 빨리 일어나라는 소리다. 자기도 그랬으니까. 아내가 아픈 건 참 불편한 일일 뿐이었다. 물론 걱정이 아주 안 되는 건 아니지만 감기가 죽을병도 아니고 약도 좋은 세상이다. 집에 있는 여자가 아플 일이 뭐있냐는 불평과 뒤따르는 불편이 다른 감정들을 확 덮어버린다. 그리고 그 모든 것을 대신하는 한 마디가 '약은 먹었어'이다.

　장을 같이 봐주면서 아내는 투덜거렸다.

　커피와 빵, 물뿌리개 같은 건 그렇다 치고 밤, 땅콩, 감까지 사야 하냐고. 그런 건 그곳에서도 얼마든지 팔지 않느냐고. 틀린 말은 아니다. 낙원도 부탁을 하면서 그 말은 했다. 그런 건 여기서도 읍내에 가면 살 수 있지만, 장 보는 김에 사다 주면 편하지. 일부러 차를 몰아 나가지 않아도 되니까. 그 말에 성수는 물론이라고, 장보는 김에 사는 건데 어렵지 않다고, 아주 흔쾌히 그러겠다고 했다.

　투덜거리는 아내를 보는 성수의 마음이 좀 어지럽다.

　낙원과의 통화.

　기꺼이 부탁을 들어주고 싶게 만들었던 낙원의 말투.

　자기도 모르는 사이에 낙원에 대한 사랑과 존경이 무럭무럭 생기던 참이어서 아내의 불만이 매우 이상하다. 좀 불쾌하기까지 하다. 불쾌한 마음이 들 리 없는데 불쾌하다. 아버지와 아내 사이에서 아버지 편으로 마음이 기운 적이 있었던가.

허, 참!

성수는 그런 생각에 젖어 있는 자신이 신기하다. 아니 아버지를 마음에 둔 적은 있었을까. 아버지나 어머닌 마음에 떠올릴 필요가 없는 사람들 아니었던가. 그들은 그리움의 대상이 아니니까. 집에 가면 볼 수 있는 사람들이고, 가면 당연히 그를 맞이하는 사람들. 아니었던가? 아닌가?

질문에 답을 할 자신이 없다. 지금까지 의심해본 적도 없었던 의문. 그 질문에 왜 얼굴이 뜨거워지는지. 죄책감마저 드는지.

당황스럽다.

아내가 온갖 핑계를 대며 바쁘다고 하지 않아도 같이 갈 마음은 이미 없었다. 집까지 태워주겠다 하는데 고집을 부리며 버스 정류장에서 내렸다. 먼 길 가는데 잠시라 해도 돌아가는 건 피곤한 일이라며. 어쨌든 걱정해주는 말에 기분이 나쁘진 않았다. 같이 가지 않게 된 상황에 기분이 좋아져서 나온 배려란 짐작 정도는 하지만.

어쩌면 백화점에 다시 들어갈 지도 모른다. 누구의 심부름을 해주는 시간은 피곤하고 아까워도 좋아하는 쇼핑은 몇 시간도 할 수 있는 사람이니까.

그래, 누구나 행복할 권리는 있지.

날아갈 듯 가볍게 내리는 아내를 보는데 그런 생각이 스친다.

주차를 시키는데 기분이 묘했다.

부모님이 사는 곳이라 그러한지.

어릴 땐 해마다 부모를 따라 왔던 고향이고 이 집에서 자고 가기도 했다. 자가용이 없던 때라 하루에 다녀갈 수 없었고, 하루를 자고 가는데도 달래는 진저리를 쳤다. 아마도 달래에겐 차가 생기고 가장 기뻤던 게 자고 가지 않아도 되는 고향 방문이었으리라.

아무도 살지 않은 채로 버려져 폐허가 되어 가고 있었던 곳.

그래서 마음에서도 사라진 곳이었다.

그런데 이곳이.

이곳이.

가슴이 뜨거워지면서 어떤 표현을 하고 싶은데 잘 되지 않는다. 말을 하려다 그만두고 혼자 멋쩍게 웃으며 차에서 내리는데 두 분이 헐레벌떡 뛰어온다.

〈얼마나 조용한지 멀리서 오는 차 소리가 다 들린다.〉

어떻게 알고 나왔냐고 묻기도 전에 낙원이 한 소리다.

〈고생했다.〉

달래가 웃으며 한 소리다.

웃음 가득한 두 분의 환대.

보고 있는 성수의 얼굴도 절로 환해진다.

〈좋아 보이시네요?〉

그 말은 성수가 한 말이 아니다. 그냥 성수의 입이 멋대로 뱉어놓은 것이다. 사실 그의 머리는 지금 굉장히 혼란스럽다. 보고 있으면서도 믿기지 않는다. 낙원과 달래가 맞는가. 두 분은 저렇게 서로 바라보며 웃지 않았다. 아니, 웃기는 했겠지. 어지럽다. 정말 그런 적이 있었는지조차 잘 모르겠다. 있었던 지도 모른다. 하지만 저런 표정은 아니지 않았던가.

그런 생각으로 복잡한데 말이 절로 그렇게 나왔다.

〈좋다!〉

낙원의 대답 속에 흡족함이 그득 담겨있다. 성수의 마음도 절로 흡족해진다. 성수는 복잡한 머리를 닫아버린다. 흡족한 상태로 있고 싶은 마음이 다른 걸 잘라버린 것 같다. 누구나 행복해지고 싶으니까. 행복한 세상을 누리고 싶으니까.

셋은 짐을 서로 많이 들겠다고 한참을 티격태격했다.

달래의 짐을 낙원이 뺏고, 낙원의 짐을 성수가 뺐고, 성수의 짐을 달래가 가져갔다. 낙원이 두 손 가득 짐을 들고 달아나듯이 집을 향해 뛰고, 성수가 질세라 낙원을 따라가며 짐이 너무 많다고 좀 내려놓으라 소리치고, 달래가 성수를 따라가며 하나 달라고 팔을 잡는다.

짐이 마루에 부려지기 무섭게 달래가 일어난다.

〈배고프지? 잠깐만 기다려. 금방 밥 차린다.〉

달래가 부엌으로 들어가고 낙원이 그 뒤를 따른다.

뭐지?

낙원이 부엌에?

도대체 무슨 일이 일어나고 있는 것인지.

시골 공기가 마술을 부린 건가.

밥을 먹는 내내 서로를 챙기고 음식을 권한다. 물론 성수에게도.

놀라기도 지친다.

자신이 부모를 잘못 알고 있었던 지도 모른다.

그렇지만 너무 다르다.

나이가 들면 변한다는데.

변한 걸까.

환경이 엄청 달라졌으니까.

변했겠지.

아니다.

다음에 오면 제 자리로 가 있을지도.

오늘은 연기일 지도. 달래라면 충분히 그럴 수도 있다. 자존심 때문에. 아들 앞이지만 멋지게 살아 보이고 싶을 지도 모른다. 자신들의 이사를 두 아들 내외가 내내 미심쩍은 태도로 보아왔으니까. 며느리들의 비웃음을 알고 있었던 지도 모른다.

하지만 연기라면 정말 훌륭하다.

저렇게 행복한 연기도 할 수 있단 말인가.

실수도 없이.

완벽하게.

* * *

연기일 수가 없다.

연기를 그렇게 오래 하고 있을 수는 없는 일이다.

두 분은 완전히 바뀌었고, 성수는 그런 부모를 몹시 사랑한다.

새 부모를 맞이한 것 같은데, 우습게도 새 부모를 더 사랑하게 되었다.

아내까지도.

이젠 아내가 먼저 전화를 하고,

필요한 걸 묻고,

장을 보고,

기꺼이 같이 내려온다.

오히려 두 분이 수고스러울까봐 자제를 할 만큼.

아내에게 달래는 더 이상 '까다로운' 시어머니가 아니다.

믿을 수 없는 변화지만 그렇게 되었다.

모이면, 서로 일을 많이 하겠다고 난리다.

성수가 낙원과 같이 파를 다듬고 상추를 뜯어 주면 아내와 달래가 반찬을 만들고, 언제나 상을 들고 마루로 나와 둘러앉아 먹는다.

겨울엔 햇살이 비쳐들어 좋고 여름엔 바람이 불어 좋다.

같이 밥을 먹고, 이야기를 하고, 숲도 바라본다.

어렸을 땐 그렇게 밥을 먹은 적이 없었다.

성수는 자기가 나이가 들어 달라진 걸로 생각한다. 남자가 여자처럼 변한다더니 정말이라고. 없던 말이 많아지고, 아내의 잔소리도 들을만해지고, 심지어 자기도 잔소리를 한다. 이야기하면서 둘러앉아 밥을 먹는 시간이 아깝기는커녕 가장 즐거운 시간이 된 것은 순전히 나이 탓이라고.

물론 나이 탓만은 아니다.

그 이유를 성수가 다 알 수는 없다.

성수가 모르는 이유는,

안락함.

다정한 부모가 만들어주는 안락함이었다.

마흔이 넘어서 맛본 것.

그래서 더 달콤하고 욕심이 생긴다.

달콤한 욕심 때문에 변해버린 마음.

성수는,

부모가 변한만큼 자신도 변했다는 걸 모른다.

성수가 변했다고 난리를 부리던 아내도 자신이 변했다는 걸 모른다.

낙원과 달래의 눈을 맞추며 이야기를 하고, 그들의 만수무강을 진정으로 바라며, 늘어나는 흰머리가 몹시 안타까운 것이, 원래의 자신이라고 생각하고 있다. 변한 마음을 모르고 있다.

변한 것을 알고 있는 사람도,

모르는 사람도,

하늘은 차별하지 않는다.

차별 두지 않고 햇살을 뿌리고 바람을 보내며,

그들이 각자의 시간을 만들어내는 것을 보고 있다.

숲 속의 집

꿈을 꾸고 있구나.

꿈에서 깨어나기를 기다린다.

아니 기다리는 건 아니다. 그냥 두고 보고 있다.

차라리 꿈속에 빠져있다고 해야겠다.

마치 재미있는 영화에 푹 빠지듯이.

괴롭거나 무섭지 않고 흥분되고 행복하기까지 하다.

그러니 어쩌면 계속되기를 바랐다고 해야 맞겠다.

재미있는 영화다.

그런데 이상하다.

영화를 즐기고 있는 자도, 영화 속 주인공 남자도 자신이라니.

분명히 다른 모습에 다른 이름인데 왜 동시에 존재하는 자신으로 느끼고 있는지 모르겠다. 낯선 것이 전혀 없는 또 다른 자신. 그의 과거, 그러니까 그를 처음 본 날 이전의 과거, 얼굴도 본 적 없었던 그가 사랑한 여자, 어머니를 그리워하는 마음까지 그토록 완전하게 느껴지다니.

신기하다!

하지만 신기하다는 말도 이 상황보다 신기하진 않다. 지금 낙원의 상태를 설명할 말은 이 세상에 없는 것 같다.

또 다른 낙원, 영화 속 남자, 그 사람은 계영이다.

계영이? 맞다. 바로 순원의 아들. 열 살 때부터 데려와 키웠던 조카. 그러니까 낯익은 얼굴이긴 하다. 아니 너무 잘 알고 있는 얼굴이다. 그러나 낙원은 그가 계영이란 사실은 오히려 놀랍지가 않다. 더 놀라운 건, 자신이 곧 계영이라는 것. 그래서 선혜를 끔찍이 사랑하는 남자로, 죽었던 선혜를 다시 만나 기절할 정도로 놀라고 행복한 계영으로 존재한다는 것이다.

가슴 벅차게 선혜를 안고,

울고,

나란히 거울 앞에 선다.

그런데 거울 속에는 낙원과 달래가 서 있었다.

낙원은 비로소 혼란스럽다.

아직도 꿈이구나.

그런 생각을 하며 옆에 있는 달래를 본다. 아니, 선혜를 봤다고 해야 맞을까.

선혜도 그를 보았다. 분명 선혜의 눈빛으로.

전화벨이 울린다.

아, 전화.

수화기에서 번쩍이는 빛. 밤에도 볼 수 있게 벨이 울리면 빛이 나게 되어 있는 수화기라고 성수가 전화기를 달아주면서 그렇게 말했다. 성수? 성수는 내 아들이다. 그럼 내가 낙원?

이것도 꿈인가?

누구 전화일까. 전화기 속 누군가와 이야기한다면 꿈에서 깨어날까.

낙원은 선혜, 아니 달래, 아니 여자의 손을 놓고 전화기 쪽으로 간다.

어제 이사 온 집이다. 달래와 이사를 왔다. 두 아들 내외와 같이 왔다. 마루에서 밥도 먹었다. 그렇다면 지금은 이사를 온 첫 날 아침이다.

수화기를 든다.

〈아버지? 저예요. 성수. 잘 주무셨어요?〉

〈그래.〉

자연스런 대답.

낙원은 자신의 대답에 놀란다. 자기가 낙원이다. 어느새 낙원이다. 아들의 전화를 받고 있는 노인.

꿈이 아닌가 보다.

시계를 보니 일곱 시가 조금 지났다. 서울에서와 비슷한 기상 시간이다. 서로 안부를 주고받은 짧은 통화가 끝난다. 수화기를 내려놓은 낙원이 방을 둘러본다. 좀 낯설긴 하지만 분명 어제 잠들었던 그 방이다. 잠들 때까지 달래와 티격태격했지만 한 방에서 잠이 들었다. 다른 방이 있지만 갈 수가 없었다. 어수선했을 뿐 아니라 이부자리나 침대도 갖추어지지 않은 방이었다. 서울에서처럼 베개만 들고 휙 나갈 처지가 아니었다.

기억이 생생하다. 자신이 어떻게 된 건 분명 아니다.

낙원은 아직도 거울 앞에 서 있는 달래를 본다. 아니 선혜인가?

도대체!

꿈은 분명 아니다.

낙원은 이제 꿈은 아니라고 확신하다.

도무지 이해 못할 상황이지만 확실히 꿈은 아니다.

더 이상 생각할 수가 없다.

방문을 연다.

차고 달콤한 공기가 밀려들어온다.

콧속이 금방 상쾌해진다. 서울과는 사뭇 다르다.

달래가 옷장 문을 열고 스웨터를 찾아가지고 어깨에 걸쳐준다. 낙원은 스웨터 소매에 팔을 끼며 달래에게 말한다.

〈너도 뭘 하나 더 입어야지?〉

'너'라니, 달래에게 '너'라고 한 적이 없다. 달래를 부르는 말은 '당신'이었다. 낙원은 지금 달래를 보면서 선혜에게 말을 하고 있다.

말을 하고 나서 당황한다. 그런데 달래는 아무렇지도 않다. 아무렇지도 않게,

〈네, 계영씨.〉

대답을 하고 스웨터를 걸치고 다시 나온다.

마루 끝에 앉은 두 사람.

낙원은 팔을 들어 달래의 어깨를 안는다.

가을이 깊어가고 있는 마당.

화초의 잎은 이미 다 떨어지고 나뭇잎은 초록빛을 잃었다.

　　　　　　　* * *

　전화벨이 울린다.

　달래는 아들의 전화라는 걸 직감한다.

　성수구나.

　너무나 자연스러운 전환.

　가슴 아프도록 행복했던 선혜는 전화벨 소리를 듣는 순간 달래로 바뀌었다.

　선혜의 마음과 가슴과 기억처럼 달래의 가슴과 마음과 기억을 갖고 있는 여자.

　달래는 간단하게 그렇게 생각하기로 했다.

　낙원이 수화기를 들고 놀란 눈으로 달래를 보았지만 달래는 아무렇지도 않았다.

　놀랐던 건 깨어나는 순간, 그때뿐이었다.

　본 적도 없었던 달래와 낙원의 존재를 단박에 알아보고, 달래의 몸으로 낙원의 몸인 계영을 안았던 순간, 그 순간에 모든 것이 결정되었다.

　놀라고, 알아채고, 정리되었다.

　환생이라 생각하자.

불편할 것도 없다.

그냥 낙원과 달래의 모습으로 살면 된다.

계영을 다시 만났다. 어떤 이유로든 또 헤어질 수는 없다. 헤어지는 것만 아니면 된다.

다른 생각을 할 수나 있었을까.

할 수 있었다 해도 곧 버려질 것이었다.

어차피 둘은 이 세상에 없는 몸이다.

자기들이 세상에 떠들지 않는 한 무슨 문제가 있을까.

도대체 자기가 어딜 떠돌다 이곳으로 왔을까. 그리고 계영이도.

하지만 아무것도 묻고 싶지 않다. 캐내고 싶지도 않다. 그냥, 그와 같이 할 시간이 주어졌다는 것만 생각하고 싶다.

자기의 의문이, 의심이,

이 꿈을 깨뜨려버릴 지도 모른다.

지금 자기는 긴 꿈을 꾸고 있는 중인지도 모른다.

꿈이라면 더 조심을 해야 한다.

깨어나지 않도록.

조심스럽게.

소중하게 그 시간을 써야 한다.

쓸데없는 의심과 생각으로 이 시간을 놓치고 싶지는 않다.

계영과 나란히 마루 끝에 앉았다.

해가 막 떠오르는지 숲 너머로 빛이 올라오고 있다.

달래는 낙원의 어깨에 머리를 기대었다.

달래의 눈에서 눈물이 떨어진다.

〈계영씨!〉

그녀의 눈물이 그렇게 속삭인다.

〈다시 와 줘서 고마워.〉

크게 들이마셨다가 천천히 내쉬는 낙원의 숨결이 그렇게 대꾸한다.

단풍이 고운 숲 속 예쁜 집에 머리가 하얀 노부부가 살고 있다.

재회

〈우리 사는 모습을 찍고 싶다는데?〉
〈계영씨 생각은요?〉

한낮의 햇살엔 봄빛이 가득하다.

햇살은 마루 깊숙이 들어와 나뭇결에 응달과 양달을 선명히 갈라놓고 있다.

양지에 놓인 찻상.

우유를 많이 넣은 커피 둘.

잔에 가득 들어찬 햇빛은 커피향과 함께 공기 속으로 다시 아른아른 퍼져나간다.

아직도 이른 아침은 손끝이 시릴 정도지만 햇살이 퍼지기 시작하고 한두 시간이 지나면 온도는 빠르게 올라간다. 그래서 요즘은 아침을 먹고 나면 햇빛 속에 앉아 있는 시간이 늘어나고 있다. 커피 잔을 마주하고 앉아 있으면 세월을 잊어버린다.

고요하고 평온한 시간.

계영이 이야기를 꺼냈다.

마치 하고 있던 이야기를 이어가듯이 조용히, 별다른 감
정도 싣지 않은 채.

거기에 대응하는 선혜의 말투도 마찬가지다. 마치 알고
있는 이야기를 듣고 있는 것처럼 덤덤한 대답.

하긴 두 사람이 놀랄 일이란 게 있을까.

그들의 존재만큼 놀라운 일이 있기나 할까.

햇빛에 반사된 흰 머리가 반짝, 하고 놀란 듯한 반응을
대신 보였을 뿐이다.

〈좀 성가시겠지? 아무래도.〉

〈그렇겠죠.〉

〈거절했는데도 자꾸 전화가 오네. 미안하게.〉

〈계영씨, 벌써 넘어간 것 같은데요?〉

선혜가 커피 잔을 찻상에 놓으며 웃는다. 햇빛에 드러난
얼굴에는 수많은 자잘한 주름이 물결처럼 춤을 춘다. 주
름을 마주한 계영의 마음과 얼굴에도 애잔한 주름이 가
득해진다.

〈그게 말이지…….〉

선혜는 기다린다. 그저 웃기만 하면서. 답을 알고 있다는 표정 같기도 하고 무슨 일이든 상관없다는 표정 같기도 하다.

〈전화한 사람이 우리가 아는 사람이야.〉

선혜의 표정이 조금 달라진다.

〈원여훈이라고. 기억 나?〉

〈어머나!〉

선혜는 놀란다. 놀랄 일이긴 한 모양이다. 하긴, 자기의 마지막을 같이 했던 사람이다. 그리고 계영을 가장 오랫동안 찾아다녔던 사람이기도 했다. 잊고 지냈지만 잊을 순 없는 사람임에 분명하다.

〈우릴 기억할까요?〉

〈잊진 않았겠지?〉

〈그래도 우릴 찍는 건 아니니까. 뭐…….〉

〈그렇지. 어디까지나 산골의 노부부가 주인공이지.〉

〈계영씬 벌써 허락했네요. 뭐.〉

선혜는 다시 웃는 얼굴이다. 놀란 표정은 간 데 없다.

〈그는 날 모르지만 난 아니까. 자꾸 부탁하는데 미안한 생각이 막 들더라고. 사람 괜찮았잖아.〉

〈맞아요. 사람 좋았지요.〉

〈그리고 한 번 보고 싶기도 해. 어떻게 변했는지 궁금도 하고. 선혜는 안 그래?〉

〈이제 막 궁금해지는 참이에요. 옛날 생각이 나면서.〉

〈그럼 전화해줄까? 굉장히 좋아할 거야. 생각은 해보지만 너무 기대는 하지 말라고 해뒀거든. 집사람이 허락하지 않으면 할 수 없다고 하면서 말이야.〉

〈계영씨 좋을 대로 하세요.〉

〈근데, 걱정이 좀 되긴 해.〉

〈혹시 우릴 알아볼까봐?〉

〈그럴 일은 없을 걸? 우릴 어떻게 알아보겠어. 완전히 다른 사람인데.〉

〈그렇죠.〉

〈모습이야 완전히 아니지만, 우리 서로 부를 때 말이야. 조심해야 되잖아. 신경 꽤나 쓰일 걸?〉

〈그렇긴 하겠네요.〉

〈그렇지? 선혜야, 하고 불쑥 나와 버리겠지?〉

〈…….〉

〈…….〉

〈전, 그래요. 혹 실수를 해도 어떡하겠어요? 딱 잡아떼지요, 뭐. 잘못 나온 말이라고. 우리가 우기는데 어떻게 알겠어요? 도저히 밝혀질 수가 없는 사실인 걸요? 누가 믿기나 하구요?〉

〈선혜씨 배포가 굉장한데?〉

〈아흔 넘은 노인이 겁낼 게 뭐가 있겠어요? 노인 사는 집엔 도둑도 안 든다잖아요. 죽기 살기로 덤빈다고. 다 살았다고 목숨 걸고 나오는데 어느 장사가 당하겠어요?〉

계영이 폭소를 터뜨린다.

〈맞아. 우린 아흔이 넘었지. 우리가 나이 땜에 선택되었다는데.〉

〈계영씬 아흔 다섯, 난 아흔 둘, 나이 잊어버리면 안 되는 거죠?〉

선혜는 햇살에 빛나는 계영의 흰 머리를 이윽히 바라본다.

벌써 이십 년이다.

돌아보는 세월은 왜 그렇게 빠른지 모르겠다.

처음엔 한 달도 고맙다고 생각했다. 그렇게라도 만났으니 세상을 얻은 것과 마찬가지였다. 세상이 품안에 들어왔지만 순간순간 불안하기도 했던 세월. 언제 사라질까. 왔던 것처럼 갑자기 사라지는 건 아닐까. 한 달만, 일 년만, 하고 기도하던 시간들. 너무 다른 모습에 다른 나이였지만 그는 계영이었다. 차마 떠날 수 없어 눈도 감을 수 없었던.

상상이나 했을까.

일흔 나이의 열정을.

남들이 보기엔 그저 남은 날이 많지 않은 늙은이일 뿐일지 모른다.

재빠르지 못한 발걸음.

깊이 팬 주름.

날렵하게 펴지지 않는 손가락.

보이는 것처럼 마음도 생각도 낡았다고 여길지 모른다.

다 닳아버린 마음을 가지고, 다 식어버린 사랑을 하고, 그래서 어설프고 둔탁한 사랑은 깊이 팬 주름만큼 아름답지 못한 사랑일 거라고.

그럴 지도 모른다. 붉은 안경을 쓴 사람이 초록에 감탄할 수는 없으니까. 감탄을 한다 해도 그건 진정한 초록에 감탄한 것이 아닐 테니까. 선혜도 그랬을 것이다. 그냥 살았다면, 조금씩 남들처럼 나이가 들어갔다면 그렇게 생각하는 날들이 있었을 지도. 스무 살, 서른 살의 나이로 일흔을 보는 눈이 어떠했을지.

계영을 다시 보게 된 날.

마루에 나가 맑은 공기를 마음껏 들이마시며 서로 기대어 앉아 있었던 시간. 그 시간이 마치 회생의 시간이 된 것처럼 모든 게 편안해졌다. 아마 계영도 그랬으리라. 그의 체온과 팔과 손이 그렇게 말했다.

다시 방으로 들어오자 계영이 옷을 벗어 던졌다. 스웨터를 벗고 윗도리를 벗고 바지를 벗었다. 알몸이 된 계영은 한참을 그대로 서 있었다. 마치 무언가를 기다리고 있는 것처럼.

선혜는 알고 있었다. 계영은 노인의 몸을 받아들이고 있었다. 자신의 몸을 새롭게 인식해가고 있었다. 몸이 바뀌지 않으면 인식이라도 바꾸어야 했다. 그건 선혜도 마찬가지였으니까.

잠시 후 계영은 선혜를 안았다.

계영은 선혜를 다시 안았다.

열정적인 사랑.

아니, 열정적으로 느꼈던 건지도 모르겠다.

죽음 속에서 다시 찾은 사랑이니까.

그리고 계영의 품속에서 얼마나 다행이라고 외쳤는지 모른다.

이젠 아프지 않다. 죽음의 선고를 받은 환자가 아니다. 죽음의 그림자에 짓눌려 있지 않은 사랑이다. 맨몸이 시리지 않는, 적어도 사랑할 때 소름이 돋지 않아도 되는 피부를 가졌다.

그렇게 한 달만 주어진대도 여한이 없을 것 같은 순간이었다.

그런 순간도 무게가 있고 부피가 있어 이십 년.

정말 돌아보는 세월은 더 짧다.

〈원여훈 씨도 많이 변했겠지요?〉

선혜가 식어버린 찻잔을 만지작거리다 하늘을 바라본다. 하늘에 여훈의 변한 모습을 그리고 있는 중이다.

〈아마도.〉

계영도 그녀의 하늘을 같이 바라본다. 그녀가 그려낸 여훈의 모습을 찾으려는 것처럼.

〈우습네요. 말이 나니까 빨리 보고 싶고 그립기도 하고.〉

〈사실 나도 그래.〉

선혜가 얼굴을 돌려 계영을 본다. 계영도 마주보더니 입술을 맞춘다.

짧지만 자연스러운 입맞춤.

바람에 나부끼는 그들의 흰머리가 눈부신 이른 봄.

외딴 집 지붕 위로 눈부신 태양이 지나가고 있다.

* * *

마당으로 들어서는 여훈을 그들은 한눈에 알아보았다.

머리숱이 많이 줄고 날렵한 턱선이 사라져 전체적으로 맥이 좀 빠져 보였지만 웃음은 그대로였다. 눈꼬리와 뺨이 모두 아래로 처지며 순식간에 코알라처럼 변하게 만드는 인상적인 웃음. 그래서 날카롭게 보이던 얼굴은 웃을 때마다 턱없이 무너지곤 했다.

여훈의 웃음이 계영과 선혜를 단박에 이십 년 전으로 데려간 순간, 여훈도 타임머신이라는 같은 배를 타고 날아가고 있음을 부부는 몰랐다. 그들의 마음과 습관이 육체 밖으로 아우라처럼 내비치는 것을 모르는 것처럼.

물론 여훈에게도 그건 그저 느낌이다. 어떤 느낌인지 곱 씹어볼 의식의 순간조차 없이 지나가고 있다. 이십 년 전, 그가 지켜보았던 젊은 연인들의 안타까운 죽음과 실종. 그 리고 그들이 살았던 바로 그 장소. 그 강력한 기억 때문에 착각을 일으킨 것이라 쉽게 단정해버리고 만다.

그럴 수밖에 없는 것이,

어떻게 다른 생각을 할 수 있을까.

다른 생각을 했다 해도 이런 상황까지 포함되어 있을까.

말을 해주어도 믿을 수 없는 상황을 말이다.

〈어서 오세요.〉

할아버지가 인사를 하면서 나오는 바로 뒤에 할머니가 따라 나오고 있었다. 여훈은 그 순간, 바늘에 눈이 찔린 것 같은 날카로운 통증에 전율했다. 선혜와 계영이 걸어 나오고 있었던 것이다. 금방 정신을 차렸지만, 놀라운 착 각은 사라지지 않고 어딘가에 내내 남아있었다. 자신도 의 식하지 못하는 곳에 조용히.

여훈은 할아버지가 가리키는 마루에 엉덩이를 걸쳤다. 집 은 완전히 새로 지어졌지만 처마 아래로 넓은 마루가 있어 그런지 낯설지가 않았다. 잠깐, 옛날 집의 마루가 먼지 덮인 모습으로 떠올랐다 사라진다.

〈신 벗고 올라와 편하게 앉아요.〉

할아버지가 다시 권한다. 여훈은 시키는 대로 재빨리 신을 벗는다.

벗어 놓은 신발에 눈이 꽂히는 할아버지.

사계절 내내 등산화를 신나 보다.

볼 때마다 등산화였다.

오래 신어 발모양대로 자리 잡은 등산화.

오랜 친구를 보는 듯 편안하고 친숙하다.

이렇게 그를 알고 있다는 걸 꿈에도 알지 못할 여훈. 그 생각을 하는 순간 웃음이 난다. 왠지 겨드랑이가 간질거리며 재밌기도 하다.

여훈이 신을 벗고 안정된 자세로 마루에 올라앉자 할머니가 입을 뗀다.

〈커피 마시려던 참인데 같이 하시지요?〉

〈아, 예. 감사합니다.〉

〈우린 우유를 많이 넣어 먹는데 괜찮아요?〉

〈좋지요. 뭐든지 잘 먹습니다.〉

할머니가 마루에서 일어나며 할아버질 바라본다. 할아버지도 마주 보며 그녀의 어깨에 손을 얹는다. 그리고 그 손이 팔을 쓰다듬듯 내려오더니 할머니의 손을 잡는다. 할머닌 잡은 손에 신호를 보내듯 힘을 꼭 주어 맞잡더니 살며시 놓고 일어난다.

커피 맛있게 타 올게요.

고맙소. 수고가 많소.

들리지 않았지만 그런 대화가 오고 간 듯한 느낌.

정말 금슬이 좋은 부부구나.

감탄을 하며 할아버지를 보는데 할아버지 눈은 할머니가 사라진 문 쪽에 가 있다. 마치 할머니 행적을 귀로, 온몸의 더듬이로 좇고 있는 양.

어떤 사랑을 하면 저렇게 될까. 결혼한 지 70년이 되어 간다 했다. 저들이 살아온 시간은 어떤 시간들이었을까. 한결같이 사랑하는 마음만으로 사는 인생도 있을까. 그래도 서로 미워했던 시간도 있었겠지. 자그마치 70년인데.

하지만 그들이 다투는 장면이 상상되지 않는다. 이곳에 도착하기 전, 입수된 정보로 상상해보았던 것은 이미 휴지다.

우유를 많이 넣은 구수한 커피.

노부부는 흡족한 얼굴로 커피를 마시고 있다.

그 모습을 바라보는 여훈도 덩달아 흐뭇한 얼굴이 된다.

여훈은 집으로 들어설 때부터 지금까지 카메라를 들지 않고 있다.

계영이 병원에서 그를 처음 본 날도 그랬다.

여훈은 첫 날, 계영과 선혜를 보고만 갔다. 마치 아는 사람 병문안을 온 것처럼. 며칠이 지나도록 카메라를 들지 않았다. 안부만 묻고 가기도 하고 병세를 듣고 걱정과 위로의 말만 하고 돌아간 날도 있었다. 지금도 여훈은 카메라를 들이댈 마음은 없어 보인다. 그냥 친한 사람 집에 들러 커피를 마시고 있는 모습이다.

그래서 이 사람이 편했던 거구나.

할아버지는 그런 생각을 하며 달래를 본다. 할머니도 같은 생각일지 모른다. 하지만 그녀는 웃기만 한다. 웃음 속에서 자세한 생각은 읽을 수 없다.

〈사실……, 전에 여기 온 적이 있습니다.〉

커피를 마시던 침묵을 여훈이 깬다.

'알고 있습니다.'

할아버진 하마터면 그렇게 대답할 뻔했다. 옛날 생각을 하고 있던 중이었다. 더구나 바로 앞에 앉아 있는 여훈 생각을 하고 있던 중에 그 주인공이 불쑥 내뱉은 말이었다. 부지불식간에 바른 말이 튀어나올 뻔했다.

〈어머나! 그러세요?〉

할머니의 재빠른 반응이 불상사를 막아준다. 할머니는 몹시 놀란 눈으로 여훈을 보았다. 물론 놀란 이유가 다른 데 있다. 여훈이 이곳을 다녀갔다는 사실에 놀란 게 아니라 할아버지가 저지를 뻔한 실수에 놀란 거지만 여훈이 그것까진 알 리가 없었다.

할아버지가 굳게 입을 닫고 앉아 눈만 끔벅인다. 몹시 놀랐으니 진정시킬 시간이 필요하다. 그리고 할머니의 재빠른 반응에 감동을 하고 있는 중이기도 하다. 하긴, 이 세상에서 말하지 않아도 마음을 읽어주는 단 한 사람이다. 그래도 그렇지, 자기가 착각을 하고 있는 것을 어떻게 그렇게 재깍 알아버렸을까?

〈놀라셨죠?〉

〈네.〉

할머닌 말을 아낀다. 짧은 대답만 하고 있다. 목소리가 떨릴 지도 모르니까. 아직 가슴이 크게 뛰고 있다. 할아버지도 입을 떼지 못한다. 이미 먼 과거로 의식 이동을 한 여훈의 눈에 두 사람의 표정과 말투가 섬세하게 읽히지 않는 게 다행이다.

〈제가 옛날에 찍었던 다큐 주인공들이 여기 살았거든요.〉

여훈의 의식은 과거 속으로 걸어 들어가고 있다.

〈예……〉

할아버지의 대답도 짧다.

알고 있다는 뜻인지, 아님 듣고 싶다는 말인지 모호한 대답. 하지만 그것도 여훈에겐 감지되지 않는 듯하다.

어찌되었든 참으로 평화롭고 조용한 시간이 흘러가고 있다.

그리고,

할아버지도, 할머니도,

과거 속으로 흘러들어가고 있다.

봄바람이 햇살 속을 지나가는 마루.

같은 자리에 앉은 세 사람.

같은 회상에 젖어 있다는 걸 그들은 모른다.

여훈

〈할머닌, 할아버지가 먼저 돌아가시면 어떡하실 겁니까?〉

달래는 나무 가지를 치고 있다.

가지치기는 낙원이 없을 때 해야 한다며 낙원이 집을 나서자 전지가위를 들고 나왔다.

부부가 유일하게 충돌할 때가 있다. 달래 말대로 바로 이 일이다. 여훈도 한 번 본 적이 있다. 낙원이 못마땅해하며 쓴 소리를 하고 달래가 맞받아 역정 내는 모습을. 달래가 전지 하는 걸 두고 일어난 일이다.

달래는 가지는 좀 쳐주어야 나무가 건강하고 반듯하게 자란다는 입장이고 낙원은 될 수 있으면 그대로 두자는 쪽이다. 같은 영혼을 가진 것처럼 보였던 두 사람의 언쟁이 신기하게 보였던 순간이었다. 충돌은 낙원이 입맛을 다시며 잔소리를 그만 두자 곧 끝이 나버렸지만.

오늘, 낙원은 산책을 나가고 집엔 달래만 남았다. 아마 낙원이 돌아오려면 두 시간은 족히 걸릴 터였다. 낙원 혼자 가는 산책길은 이미 두 번이나 동행 취재해서 그가 어떤 길을 걸으며 어떤 일을 하고 있는지 알고 있다.

달래는 지난 해 가을 산책을 하다 허리를 다쳤다. 산책길까지 뻗어 나온 나무뿌리에 걸려 심하게 넘어졌던 것이다. 그 바람에 허리를 다쳐 한 달간 병원에 입원까지 하고 치료를 받았다. 엑스레이 상으론 아무 문제도 없다지만 그때 이후로 허리가 말썽이다. 그 전엔 낙원과 늘 같이 하던 산책을 다 따라하지 못하게 됐다. 두 세 시간씩 걷는 건 일상 있는 일이었다는데.

요즘은 그 전에 돌던 긴 산책길은 어림도 없고 그나마 엄청 줄여서 걷는 길도 쉬엄쉬엄 걷느라 걷는 일보다 앉아 있는 시간이 길다. 특히 날이 흐리면 달래의 몸은 영 무겁다. 해서 달래가 그나마도 나가기가 어려운 날은 낙원 혼자 나서는 날이 있다.

달래를 두고 혼자 나선 산책길.

낙원에겐 다른 사명이 있었다.

길을 다듬는 것.

숲길을 따라 걸으며 튀어나온 나무뿌리, 돌부리, 떨어진 나뭇가지 등 할머니가 걷다 걸릴만한 것이면 무엇이든 뽑아내고 다듬어 평평하게 만들었다.

여훈이 낙원과 동행하며 지나던 숲길은 낙원의 손길로 그렇게 늘 손질이 되고 있었다.

여훈이 왜 그렇게 길을 다듬느냐고 물었을 때 낙원이 그렇게 대답했다.

〈할멈이 넘어졌거든. 나무뿌리에 걸려서. 허리를 다친 후론 작은 돌만 밟아도 중심을 잃어. 발자국도 크게 못 내어 딛고. 그러니까 내가 미리미리 잘 치워둬야지. 할멈이 다닐 길이니까. 아, 뭐 다른 사람들도 편하게 다니면 좋고. 안 그래요?〉

앉아서 깊이 박힌 나무뿌리를 캐내고 있던 낙원이 여훈을 올려다보며 '안 그래요?' 하는 순간 가슴이 살짝 아팠다. 무슨 생각이 들어서 그랬는지 그때는 몰랐다.

그런데 지금, 그 이유를 알 것 같다.

달래의 눈은 쉬지 않고 이 가지 저 가지를 살펴보고 있다. 어느 가지를 칠까 고민이 많아 보인다. 몇 걸음 물러나 이리저리 살펴보고 한 가지를 치고 또 물러나기를 반복한다. 그러다 뒷걸음치던 달래가 기우뚱 한다.

어, 넘어지겠다.

다치면 큰일이다.

할머니가 죽으면 할아버진 어떡하지?

안 돼!

짧은 순간 온갖 턱도 없는 생각과 상상들이 빠르게 지나간다. 하지만 입에서 나온 말은 몹시 다급한

〈할머니!〉

한 마디였다.

여훈이 벌떡 일어난다. 그래도 기적처럼 카메라는 들이댄 채로.

남들이 보기엔 위급한 상황에 야속타 여겨질지 모르지만 카메라는 분신처럼 돼버려서 아무리 급해도 들고 일어나고 들고 뛴다. 사실 무얼 찍고 있었는지 잊어버리기도 하

고 초점이 빗나가기도 하지만 놓아 버리진 않는다. 그걸 붙들고 산 30년 세월이 그를 그렇게 만들고 말았다.

다행히 달래는 곁에 있는 나뭇가지를 잡으며 균형을 잡았다. 조그만 돌이 뒤꿈치에 밟혔다 한다. 낙원이 왜 그렇게 산책길을 다듬는지 알겠다는 생각과 함께 가슴이 한 번 더 철렁한다. 가지를 잡고 한숨을 돌리는 달래의 얼굴이 몹시 상기되어 있다. 햇살 아래 오래 있었던 탓도 있겠지만 많이 놀란 모양이다.

놀란 달래의 얼굴을 보고 있는데, '안 그래요?' 하며 여훈을 보던 낙원의 얼굴이 떠올랐다. 산책길에서 왜 그렇게 길을 다듬느냐고 물었을 때 여훈에게 했던 긴 설명과 함께.

가슴이 아팠다. 그 순간과 똑같이.

할머니가 없다면 할아버진 어떻게 살까.

상상도 아픈 상상은 아프다.

〈좀 쉬었다 하세요.〉

여훈은 선 김에 엉덩이를 턴다. 마루에라도 앉아 쉬어볼 작정이다. 쪼그리고 앉아 있었더니 허리도 아프고 무릎도 아프다. 그리고 할머니도 쉬어야 한다. 이젠 맨 하늘 아래 오래 서 있기엔 햇살이 너무 강하다.

그늘에 들어서니 금방 상쾌해졌다.

온통 아카시 향기로 둘러싸인 넓은 마루.

여훈과 달래는 마루에 올라앉았다.

카메라를 벗어 옆에 놓으며 어깨를 만지는 여훈. 끈에 눌린 자리가 땀에 젖어 있다.

〈늙은이들 찍어서 어디다 쓰시려고?〉

여훈의 땀에 젖은 어깨를 보며 달래가 묻는다.

달래의 이마에도 땀에 젖은 흰 머리칼이 어지럽게 붙어있다. 몹시 피곤한 기색에다 눈빛에도 힘이 없다. 역시 무리였나 보다. 햇빛 속에 너무 오래 있었다. 여훈도 아까 일어날 때 좀 어지러웠다.

아무리 건강하다 해도 아흔이 넘었다. 그걸 잊고 있었다. 그만큼 부부는 건강해 보였기 때문이다. 일상생활이 서글퍼 보이지 않았다. 달래가 오래 걷는 걸 힘들어하는 것 외엔 움직임이 정말 노인 같지 않았다. 그런데 지금 달래는 기력이 다 빠져버린 영락없는 노파다. 나이를 생각하면 정말 내일을 기약할 수 없지 않은가. 그 생각을 하고 있는데 또 낙원의 얼굴이 떠올랐다. 낙원은 달래 없이 어떻게 살게 될까.

〈저 양반이 걱정이에요. 아무래도 내가 먼저 가지 싶은데…… 내가 죽어도 저 양반이 살 수 있을지…… 걱정이 있다면 딱 그거 하난데…….〉

여훈의 생각에 대답이라도 하는 건가.

하지만 달래의 시선은 마당에 있다. 딱히 누구에게 말을 하고 있는 표정이 아니다.

〈할머닌 할아버지가 먼저 돌아가시면 어떡하실 겁니까?〉

여훈이 그렇게 물었다.

달래가 화들짝 놀란다. 그녀의 어깨가 그렇게 말한다. 놀랐다고. 그러나 여훈을 돌아보진 않는다. 여전히 마당을 향한 채다. 꼼짝도 하지 않는다. 아무런 대꾸도 없다.

여훈도 대답을 기다리진 않는다.

궁금하지가 않다. 달래의 대답이 궁금하지 않다. 그냥 몹시 가슴이 아팠다. 생각만으로도 가슴이 아팠다. 달래가 홀로 남는다 해도, 낙원이 홀로 남는다 해도.

상상만으로도 눈물이 났다.

정말 눈물이 났다.

눈물이 바람에 마르도록 버려두었다.

손을 눈으로 가져갈 수 없었기 때문이다.

조각처럼 앉아 있는 달래 옆에서 움직일 수가 없었다.

움직이면, 그 운동의 파동이, 고요함을 깨뜨릴 것 같아서.

평화를 흔들어버릴 것 같아서.

꼼짝도 할 수 없었다.

4부

성수

 '아흔의 청춘' 연출가라고 했다.

 만날 수 있느냐고. 특별한 볼일이 아니라 그저 사소한 것들이 궁금하다고.

 성수는 마치 드라마에 빠지듯 재미있게 보았던 그 제목이 나오자 반가웠다.

 화면 속의 부모는 보기만 해도 기분 좋은 행복한 노부부였다. 정말 행복한 부부란 걸 너무나 잘 알고 있지만 화면으로 보는 느낌은 또 달랐다. 부모란 것도 잊어버리고 울기도 하고 웃기도 했다.

 그걸 만든 사람이라니, 정말 뜻밖이었지만 고맙다는 생

각이 들었다. 인사라도 해야 하지 않나? 했으니까. 그래서 '아흔의 청춘'이란 제목을 듣는 순간 반가운 마음이 앞서서 궁금한 것이 무엇일까, 란 의문을 품을 새도 없이 대답을 해버렸고, 전화를 끊고 나서야 '궁금'한 것에 대해 비로소 궁금해졌다.

낙원과 달래는 성수에게 결코 좋은 부모 모델이 아니었다.

부부란 원래 대화를 하지 않는 걸로 알았을 정도였으니까. 대화는 친구나 타인, 아니 밖에서 만나는 사람들과 하는 건 줄 알았으니까. 큰소리를 내며 과격하게 싸우진 않았지만 항상 자잘한 충돌 아니면 냉담 상태 속에 있었다. 성수가 보기에 아버지와 어머닌 다른 생각 속에, 각자의 고집 속에서 그저 한 집에 사는 걸로 보였다.

그랬던 부모가 어느 날 다른 사람이 되어버리긴 했다.

그 변화는 고향으로 이사를 가고 난 직후부터 나타났다. 변화라는 말이 맞지 않을 지도 모르겠다. 변한 정도가 아니라 사람이 바뀌어버린 것 같았으니까.

처음엔 환경이 바뀌고, 외딴집이고, 그래서 서로에게 집중할 수밖에 없는 상황에 잠깐 그럴 수도 있지 않을까 했다. 아마도 환경에 익숙해지면 원래의 습관대로 돌아가 버릴 것이라고. 성민도 그랬고 아내와 제수씨도 믿기지 않는 변화를 온전히 받아들이지 못했다. 한동안은.

하지만 부모는 돌아오지 않았다.

그리고 이십 년의 세월이 흘렀다.

지금은 예전의 부모가 너무 아득하다. 떠올리기가 오히려 힘이 들 정도다.

의심?

의심도 가끔 하고 있다.

자식들 앞에서만, 자식들이 고향을 찾을 때만 그럴 지도 모른다. 일상의 모습이 아닐 지도 모른다. 같은. 물론 의심이란 말이 적당하지 않은 표현이란 것도 안다. 도무지 심각하지도 치열하지도 않은, 차창 밖으로 지나가는 경치 보듯하는 '의심'이니까. 할 일 없을 때 그냥 해보는 심심풀이 정도라 할까.

다큐를 보면서도 잠깐 그런 생각은 들었다.

연기인가?

연기라 하더라도 기분이 좋은 건 어쩔 수 없었다. 행복한 연기를 저렇게 멋지게 할 수 있다면 행복한 경험도 있었다는 증거가 아니겠는가 하는.

　그리고 이제 성수도 예순이 훌쩍 넘었다. 첨예한 것은 생각하는 것조차 힘들다. 달콤하고 자극이 적은 것에 자꾸 마음이 가고 그래서 훈훈한 드라마에 심취하고 있는 요즘이다. 낙원과 달래의 평화로운 모습에 마음이 확 끌려 아내에게 시골 생활 의향을 슬쩍 떠보기까지 했지만 관심 없었다. 그냥 종종 놀러 가는 정도에 족하다고 했다. 하긴 성수도 절실한 건 아니었다. 구체적으로 생각해본 적도 없을뿐더러 전원생활에 목마른 적도 없었다. 사실 아내와 같은 심정일지도 모른다. 가고 싶은 고향이 있다는 것에 만족하는 정도로.

　여훈이 먼저 와서 기다리고 있었다.

　일식집 조용한 방이었다.

　천천히 식사를 하면서 제법 긴 시간 같이 있었다.

　젊었을 때보다 느려지긴 했다 해도 여전히 음식을 빨리 먹는다는 소릴 듣는 편인데 그날은 그러지 못했다. 여훈의 태도 때문이기도 했겠지만 생각지도 못한 질문에 생각을 하느라 그랬을 것이다. 자신의 행동에 자신 없이 '그랬을 것이다'라고 표현을 하는 까닭은 아직도 그 상황이, 당시의 심정이 정확하게 파악되지 않기 때문이다.

여훈은 조용한 사람이었다.

성수에게 많은 질문을 하고 계영에 대한 이야기도 제법 상세하게 했는데 조용하다고 느꼈다면 그 이유가 무엇일까. 아마도 말투가 몹시 조용했기 때문이리라. 흥분도 잘하고 그래서 기분에 따라 목소리도 변화무쌍한 자신과는 달리 여훈의 목소리는 기복이 거의 없었다. 마치 시냇물이 졸졸 흐르듯, 심지어 선혜가 죽어가는 이야길 하면서도 시냇물 소리만 내었다. 어떻게 보면 감정이 담겨있지 않은 듯한 색깔이었지만 사실 들으면서 마음이 아팠다.

성수는 선혜를 본 적이 없다. 미안한 말이지만 이름도 모르고 있었다. 심지어 계영에 관해서도 아는 게 거의 없다는 데 놀랐다. 여훈이란 남자가 그렇게 세세하게 묻지 않았다면 모른다는 것도 몰랐을 것이다. 그만큼 계영은 먼 사람이었다. 사촌 동생인데, 더구나 같은 집에서 10년을 넘게 살았는데, 무심했구나, 하는 생각에 처음으로 미안해졌다.

여훈보다 계영을 더 몰랐다. 그의 습관도, 생각도.

더구나 계영이 대학에 입학하며 독립한 후의 일은 아무

것도 모른다고 할 수밖에 없었다. 계영이 독립해 나가고 얼마 지나지 않아 성수와 성민이 차례로 결혼을 해 나갔으니 계영을 볼 일은 더욱 없어졌다.

보이지 않아도 궁금하지 않았다. 부모도 계영 이야긴 그들에게 거의 하지 않았다. 때문에 기억을 돌이켜보고 추억할 기회조차 없었다고 해야겠다. 그렇게 계영은 성수에게서 완전히 멀어졌다.

어느 날 갑자기 같이 살게 된 어린 사촌 동생.

나이차도 많았지만 아침 일찍 등교해서 늦게야 하교하던 고등학생 시절이었으니 얼굴이나 자주 마주쳤을까. 어쩌다 식탁에서 마주쳐도 그저 어, 계영이, 가 다였다. 자신이 대학생이 된 뒤로는 식탁에서 얼굴을 대할 일조차 드물어졌다. 기상시간이 늦어져 계영이 학교에 간 뒤에 일어났고 또 저녁은 거의 집에서 먹지도 않았으니까. 사실 대학 시절엔 계영이 같이 살고 있다는 것조차 느끼지 못하고 살았던 지도 모른다.

정말 추억이 없다. 같이 놀았던 기억은 더구나.

몰랐다. 그렇게까지 같이 보낸 시간이 없었는지. 자그마치 10년이나 한 집에 살았는데 말이다.

그러니 도무지 계영의 말투니, 습관이니, 하는 것에 할 말이 있을 리가 없었다. 게다가 사랑했던 여자라니.

성수는 여훈을 통해서 계영이 선혜를 어떻게 만났고 어떻게 살았으며 그리고 어떻게 이별했는지를 비로소 알았을 뿐이다. 그날 처음으로 계영이란 사람을 알았다고 할 수도 있겠다. 그리고 선혜라는 여자도.

주로 부모에 대한 질문일 것이라 생각했는데 거의 계영에 대한 것이었다는 것은 헤어지고야 깨달았고, 왜 그렇게 계영에 대해 궁금한 게 많을까 하는 의문도 헤어지고야 들었다.

그리고 지금도 그 답을 찾는 중이다.

그러나 성수가 그 답을 찾을 수는 없을 것 같다.

그는 계영에 대해 아는 게 없다. 선혜에 대해선 더구나. 그러니 여훈이 궁금해 하던 답을 성수가 주지 못한 건 당연하다. 왜 낙원과 달래가 계영과 선혜처럼 보이는가는 여훈의 눈에만 보이는 의문일 뿐이다. 성수는 두 쌍의 부부를 비교할 눈을 가지지 못했다. 비교의 대상 중 한 대상을 전혀 모르기 때문이다. 비교 대상도 없는 비교를 할 수는 없는 법이다.

그래서 두 사람의 만남은 여훈에겐 안타까움을, 성수에겐 궁금증만 남기고 끝날 모양이다.

다시 보는 숲

인사도 제대로 하지 못하고 허둥지둥 그곳을 떠났다.

그렇게 떠난 지 두 달.

다시 온 숲은 매미 소리로 귀가 아플 지경이었다.

낙원과 달래를 벤치에 남겨둔 채, 여훈은 '감사합니다', '안녕히 계십시오' 그런 흔한 인사조차 하지 못했다. 아니 기억이 없다. 다만 또렷이 기억나는 건 쫓기듯 산을 내려가는 등 뒤에 꽂혔던 낙원의 인사.

〈원여훈 씨, 그동안 고마웠습니다.〉

그 말에 대꾸는커녕 돌아보지도 못했다.

너무 혼란스럽고 너무나 당황해서 표정을 관리할 수도, 놀라움을 감출 정신도 없었다. 낙원과 눈빛을 맞대고 서 있는 순간 하마터면 이런 말이 튀어나올 뻔했다.

'넌 누구냐?'

정말 그렇게 묻고 싶었다.

계영과 선혜를 아는 사람이 그 옆에 같이 있었다면, 생각할 것도 없이 물어보았을 것이다. 계영과 선혜로 보이지 않느냐고. 정말 환장할 정도로 같지 않냐고.

아니라면 자신이 미친 게 틀림없었다.

산을 어떻게 내려와 차가 있는 곳까지 왔는지.

정신을 차리고 보니 운전석에 앉아 있었다.

여훈은 한참동안 그대로 차 안에 있었다.

모든 것은 변하는 게 분명했다. 보이는 것이든 보이지 않는 것이든.

시간이 흐르자 감정도 변했다. 여전히 혼란스럽긴 해도 생각할 여유는 생겼다. 여유가 생기자 제대로 인사도 못 챙기고 온 게 마음에 걸렸다. 자신의 감정에만 매달려 그

분들을 생각지 못했다. 부끄럽기도 하고 미안하기도 했다. 단순한 착각이었다면 그들은 얼마나 황당했을까. 자기의 행동이 어떻게 보였을까.

거기까지 생각했지만 도로 올라가진 않았다. 혼란은 여전했고 가서 무슨 말을 해야 할지 알 수 없었다. 물어보고 싶은 말이 있지만 그 질문엔 용기가 필요했고 용기를 받쳐 줄 생각은 정리가 되지 않았다.

그렇게 서울로 돌아오자,

방송날짜를 맞춰 편집하는 일이 우선 급했다.

'의혹'은 어쩔 수 없이 우선순위에서 밀려나 뒤에 던져진 채였다.

무사히 방송이 나가고 반응도 좋았지만 마냥 기분이 좋을 수는 없었다. 도무지 개운하지가 않았다. 낙원의 아들까지 만나보았다. 많이 망설이다 전화했지만 시원스레 허락해 주었다. 하지만 시원한 답은 얻지 못했다. 새롭게 알게 된 게 있다면 낙원이 계영의 큰아버지였다는 것. 매우 놀라운 사실이면서 여훈을 더욱 혼란에 빠뜨린 정보이기도 했다. 성수가 계영의 사촌형이라는 사실도 의문을 푸는 데 도움이 되지 못했다. 성수는 선혜를 알기는커녕 얼굴도 보지 못했다고 했다. 심지어 같은 집에 살았던 계영에 대해서도 들을 말이 없었다.

계영의 흔적을 찾아 헤맬 때, 새로 집을 지어 들어온다던 주인에게 전화를 했었다. 그렇다면 그 전화를 받은 사람은 분명 낙원이었다. 그런데 그는 계영과 아무런 관계가 없다고 했다. 왜 그랬을까. 아니 여훈은 왜 그렇게 쉽게 믿어버렸을까. 아무런 관계가 없을 수가 없지 않은가. 상식적으로, 생판 모르는 사람에게 집을 선뜻 빌려준다는 게. 아무리 아는 사람이 중간에 끼어있었다 하더라도 그건 찜찜한 일이 아닌가. 좀 더 의심을 해봤어야 했다.

낙원이, 그야말로 생판 모르는 여훈에게 곧이곧대로 사실을 밝힐 이유는 없었다. 낙원의 정보가 거짓일 수도 있다는 의심은 왜 해보지 않았을까.

낙원이 계영과 닮았다면 이유가 있다. 그들은 혈육이다. 그럴 수 있겠다. 하지만 선혜는? 선혜가 왜 그렇게 달래와 닮았을까. 아니 두 부부의 습성과 모습이 왜 그다지 같아 보였을까.

혹시 자신이 떠올리는 노부부의 모습이 기억 속의 모습이 아니라 상상 속의 모습이 아닐까. 계영과 선혜에 대한 기억은 확실한 걸까. 생각을 계속 하다보면 모든 게 의심스러워져 다른 혼란에 빠지기도 했다.

내내 찜찜한 기분.

어떤 식으로든 해결을 봐야 했다. 생각만 하고 있을 수는 없었다. 비록 마음을 정리하는 것 외에 해결할 방법이 없는 일이라 할지라도.

한여름의 숲은 몹시 은밀해졌다.

아카시 꽃이 난만하고 은은한 향기가 날리던, 연분홍 치마 입은 아가씨 같던 산은 어디로 가고 온통 해를 가리는 짙은 녹음으로, 심보 검은 떠꺼머리 총각이 되어 있었다. 그래서 숲 밖에선 그 속이 보이지도 않았다.

소나무 아래 주차를 하고 차에서 내리니 햇살보다 매미소리가 먼저 달려들었다. 얼마나 그악스럽게 울어대는지 소리가 뜨겁다고 느껴질 정도였으니까. 알고 보니 한여름의 햇살이 뜨겁게 내리쬐었던 것이었지만.

뜨거운 햇살을 피해 재빨리 걸음을 옮겨 감나무 가로수 길로 뛰어들었다. 기세 좋게 하늘을 가린 무성한 잎들 덕분에 집으로 이어진 좁은 길은 서늘했다. 얼굴에 닿는 시원한 바람. 밤톨만한 녹색감이 잎 속에 숨어있는 기적 같은 모습. 이런 땡감을 언제 보고 못 보았는지.

아무리 천천히 걸어도 금방 마당 앞이었다.

마당엔 햇살이 무섭게 쏟아지고 있었다. 그리고 두 분이 집에 계시지 않다는 것도 알았다. 자동차 소리가 들렸을 것이고, 집안에 있었다면 방문이라도 열어두었을 것이고, 마루에서라도 서성거리게 될 정도로 시간이 지났다. 그게 아니라도 사람이 없는 집 특유의 적막, 이라는 게 있어 느낌으로도 빈집이라는 걸 알 수가 있었지만.

산책을 간 모양이다.

미리 전화를 했고, 여훈이 오는 것도 알고 있을 터였다. 멀리 갔을 리는 없으니 가까운 숲 오솔길 어디쯤에서 바람을 쐬고 있음에 분명하다.

그래도 마당에서 큰소리로 인사를 했다.

〈안녕하십니까. 저 왔습니다.〉

그 소리에 매미가 다시 울기 시작한다.

여훈은 집을 나와 숲 쪽으로 향한다. 그들이 자주 다니는, 집에서 가장 가까운 산책길이 있는 곳으로.

숲 속은 어두컴컴하다. 어떻게든 햇살을 받으려는 잎들

로 햇빛은 완전히 차단되었다. 한여름의 햇살이 저 위에 있다는 게 믿어지지가 않는다.

두 분은 어디쯤 계실까.

이 길 어딘가를 걷고 있겠지.

여훈은 천천히 걸으며 심호흡을 한다.

달고 상쾌한 숲이 통째로 콧속으로 들어온다.

머리도 개운하고 눈도 시원하다.

산을 찾은 목적까지 깨끗하게 사라진다.

여훈은 지금 어떤 사람들을 만나러 온 사람이 아니다.

세상에서 제일 한가한 숲 속의 직립보행인이다.

두 발 밑에 밟히는 부드러운 흙.

작은 돌조차 굴러다니지 않는다.

낙원이 날마다 다듬는 숲길엔 작은 돌조차 없다.

맞다.

목적이 돌아온다.

여훈이 멈춰 선다. 목적이 돌아온 눈앞에 보이는 어떤 흔적.

길이 아닌 숲 속에, 보일 듯 말 듯하게 드러난 또 다른 길. 무성한 풀이 온통 덮여 있지만 분명 다른 흔적.

여훈은 길을 벗어나 수풀 쪽으로 발걸음을 내딛는다. 꼭 한 걸음 앞만 알아볼 정도로 밟은 흔적이 나타난다. 한 걸음 한 걸음 걸어가야만 비로소 '나 길이오' 하고 나타나는 길. 그 벤치로 가는 길임이 분명하다.

그때보다 훨씬 깊고 어두워진 숲길을 여훈은 더듬더듬 헤치고 나아간다.

맞았다.

숨이 조금 찰 즈음 마치 그림처럼 나타난 벤치.

그리고 그림 속에 앉아 있는 부부.

〈용케 찾아오셨네.〉

지켜보고 있었다는 듯 낙원이 말을 걸어온다.

짙은 나무 그늘 속으론 바람도 쉽게 들어오지 못하는지 저 높은 가지들 위를 스치는 바람소리가 아주 멀리에 있는 듯하다. 그리고 낙원의 소리는 그보다 더 멀리에서 들려온 것이 아닌가 싶을 정도로 이상하게 깊게 울렸다.

녹음이 짙다 못해 어두운 곳.

동굴처럼 서늘한 기온.

완전한 그늘 속 벤치는 은밀하게 웅크리고 앉아 있는 짐승 같았다. 그리고 태연하게 그 짐승의 등을 차지하고 앉은 낙원과 달래.

여훈은 좀 어지럽다.

햇살 속에 서 있는 것도 아니고, 피곤할 정도로 걸은 것도 아니고, 배가 고픈 것도 아닌데 왜 그런가. 아니 어지러운 건 머리가 아니라 기분인가.

몽롱하다.

벤치에 앉아 있는 그들이 몇 백 년 동안 그 자리를 지키고 있는 바위나 돌부처, 하여튼 오랫동안 같은 자리에 있었던 물체 같다는 느낌. 그보다 더 말도 안 되는 것은 자신이 내내 그걸 지켜보는 존재였다는 착각. 착각이라도 예사 착각이 아니다. 여훈은 이제 쉰이 좀 넘었을 뿐이다. 그런데 몇 백 년이라니. 자신이 이곳에 씨앗으로 떨어져 자라난 고목도 아니고.

순간이 영원처럼 느껴진다는 말이 있다면 이것을 두고 하는 말이리라.

그는 영원한 순간에 갇힌다.

어떤 그림 속에.

〈짙은 녹색의 숲, 빽빽한 나무줄기와 넓은 나뭇잎 사이에서 발견되는 사슴, 새, 사람〉

그림 같은 숲.

숲 속의 동물들.

숨은 듯 그려놓았지만 발견하는 순간 아주 선명하게 그려진 것이라는 걸 알게 되는 새, 사슴, 사람.

모든 생명체가 같은 빛깔로 빛나지만 모든 생명체가 제각각 뚜렷한 그림.

그 그림 속에 자신이 서 있는 듯도 하다. 영원히.

그러면서 힘없이 부서지는 의문들.

저 분들은 누구일까.

계영과 선혜는 어떻게 되었을까.

저 분들 속에 있는 게 계영과 선혜가 아닐까.

그런 의문 속에 있었던 지난 시간이 파도에 쓸려가는 모래처럼 사라지고 있다. 아니다. 의문이 사라지는 게 아니다. 의문에 싸여 있었던 시간들의 의미가 사라지고 있다고 해야 할까.

어쨌단 말인가.

내가 알던 계영과 선혜는 과거 속에 사라졌다. 어제 발을 담갔던 강물처럼 흘러가 버렸다. 그 물의 흔적을 찾을 수는 없다. 흔적을 찾았다고 우겨볼 수는 있지만 누가 증거를 대고 확인시켜줄 것인지. 모든 것이 변한다면 기억조차 믿을 수 없지 않은가. 계영과 선혜에 대한 기억. 그들의 사랑과 습관과 웃음과 말들에 대한 기억이 얼마나 남아 있으며 어디까지가 정확한 기억일까.

그리고 지금 벤치에 앉아 있는 아흔이 넘은 부부.

불과 두어 달 전에는 가족보다 더 많은 시간을 함께 했다. 비록 한정된 기간 동안이었지만. 그리고 누구보다 그들을 잘 알고 있다고 생각했던 때가 있었다. 그들의 사랑과 습관, 일상과 말투와 대화까지.

하지만.

지금 그들은 두어 달 전의 그들이 아니다.

왜 그런 생각이 드는 걸까.

낯설지도 않고, 친절하지 않은 것도 아니고, 여전히 다정한 모습으로 앉아 있는데 말이다. 마치 3D 영화를 보는 것 같다. 바로 눈앞에 있는 존재가 만져지지 않아 생생하면서도 매우 동떨어져 있다는 느낌.

여훈의 긴장이 물에 헤실헤실 풀어지는 한지처럼 맥이 빠졌다.

〈거기 등걸에 앉으면 될 거요. 내가 밑동만 남은 걸 좀

다듬어 놨지.〉

　〈아, 네.〉

　환영과 착각이 순식간에 밀려난다.

　한여름의 숲.

　그곳은 더 이상 그림 속도, 3D 영화 속도 아니다.

　부부의 벤치가 있는 정면에서 조금 비껴 3미터 정도 떨어진 곳.

　그곳에 낙원의 또 다른 솜씨가 턱하니 놓여 있었다. 큰 고목이 쓰러졌는지 나무 밑동은 엄청 넓었다. 넓은 밑동을 가로질러 박아놓은 다섯 개의 납작한 널빤지. 가까이 가서 보니 나무의 중앙은 썩어버려 판자 사이로 보이는 속은 까맣게 비어 있었다. 그리고 넓은 밑동을 그대로 가로질러 만든 것이라 신을 벗고 두 명이 올라앉아도 넉넉할 것 같았다.

　〈감사합니다. 굉장히 편하겠는데요?〉

　〈또 올 줄 알고 솜씨 좀 부려 봤습니다.〉

　〈그럼, 이건 제 의자인 겁니까?〉

　〈그러고 싶다면 언제든지.〉

여훈은 좋아하며 걸터앉는다.

〈정말 편하고 좋은데요?〉

든든한 판자가 엉덩이에 닿는 순간 다리가 몹시 아팠던 것처럼 무지 편해졌다.

〈아, 좋다.〉

고개를 조금 들고 눈을 감은 여훈의 얼굴 위로 짙은 숲의 향기가, 서늘한 공기가 소나기처럼 쏟아진다.

〈계영씨 큰아버지신 줄 몰랐습니다.〉

한참 만에 여훈이 입을 뗀다.

담담한 말투다. 주차장에 도착할 때까지만 해도 비장하게 물어봐야 할 내용이었는데, 그 비장함이 어디로 사라졌는지 모르겠다.

〈묻지 않았으니까. 〉

낙원의 대답도 스스럼없다.

〈계영씨가 그런 말은 하지 않아서, 그냥 아는 사람에게서 빌린 집이라 해서 여태 그렇게만 알고 있었습니다.〉

〈큰아버지가 어디 모르는 사람인가요? 아는 사람이지.〉

그 말을 하면서 낙원이 웃고 달래도 웃고 여훈도 따라

웃었다.

〈계영씬 어떻게 됐을까요?〉

〈어떻게 됐을 것 같소? 피디 양반이 우리보다 더 찾아다
닌 모양인데 어디 소식 좀 들어봅시다.〉

〈저는 선혜씨가 떠난 뒤, 2년인가 뒤에 증도에서 본 것이
마지막입니다. 그 뒤론 흔적도 찾지 못했습니다.〉

〈증도라…….〉

낙원은 그 말을 하면서 하늘을 보았다. 아니 하늘을 가
린 빽빽한 나뭇잎을 보았다. 여훈도 낙원의 눈길이 향한
곳을 올려다본다. 나뭇잎들의 틈새로 비치는 햇빛이 별빛
같다. 그 빛 주변을 감싸는 뿌연 기운.

빽빽한 나뭇잎들이 흔들릴 때마다 틈새로 비치는 햇빛이
반짝인다.

별빛처럼 반짝이는 햇살이 어두운 숲으로 쏟아지고 빛
무리가 춤을 춘다.

별밤이 되어버린 숲.

여훈은 지금 한밤의 하늘 아래 앉아 있다.

그게 착각이란 생각이 들지 않는다.

숲을 벗어나면 온통 햇살 속이라는 걸 알지만 이 순간

도 엄연한 현실이다. 착각도 현실이다. 느끼는 순간이 현실이다. 그러니까 지금은 밤이다. 별이 빛나는 밤에 낙원과 달래와 함께 있다. 함께 있는 것이다. 같은 곳에서 같은 시간을 보내고 있는 중이다.

언젠가,

헤아릴 수도 없는 먼, 언젠가,

그렇게 같은 곳에서 같은 시간을 보낸 적이 있었다.

그랬던 것 같다.

그렇게 밤도 보내고 낮도 보낸 시간이 있었다.

그런 기억이 있다면 그걸 기억하는 이 순간은 현실이다.

여훈은 지금 이 순간을 살고 있다.

* * *

여훈은 1시간이 넘게 앉아 있다 내려왔다.

별 다른 말도 없이.

질문은 속으로만 했다.

말을 꺼내려고 그들을 보기만 하면 이상하게 맥이 빠졌다. 낙원의 백발과 달래의 주름 앞에 모든 의문과 질문이

부질없어져 버렸다. 그래서 답이 궁금하지 않은 질문은 독백으로도 충분히 흡족했다.

계영과 선혜는 어떻게 되었을까요.

할아버지, 할머니는 누구세요.

왜 제 눈에는 두 분이 자꾸 그들로 보이는 걸까요.

여훈이 속으로 질문을 하고 있는 동안 낙원과 달래도 들리지 않는 대답을 하고 있었다는 걸 그는 몰랐다.

〈원여훈 씨, 고맙습니다〉

〈우릴 기억해주고〉

〈찾아주고〉

〈우리 삶을 아껴주어서〉

〈고맙습니다〉

들리지 않았고 들을 수 없었지만 산을 다 내려갔을 땐 아무것도 더 이상 궁금하지 않았다. 아니 어떤 믿음이 생겨나 오히려 홀가분해졌다.

그들은 살아있다.

오래 행복하게 살고 있다.

낙원과 달래처럼.

그 대답은 숲이 대신 들었다.

  낙원과 달래의 대답이 긴 꼬리처럼 여훈의 발걸음 뒤를
따라가고 있었다.

달래

  땀에 젖은 흰 머리가 햇살아래 애처롭다.

  아침 먹은 설거지를 하고 돌아보니 가스레인지가 지저분
했다. 받침대를 들어내어 닦아서 새로 얹고 보니 흰 타일
벽이 눈에 들어왔다. 벽에도 음식물이 튀어 있었다. 어제까
지도 보이지 않던 것들이다. 물론 그게 온통 오늘 아침의
흔적만은 분명 아닐 것이다. 아침엔 그저 국을 데웠을 뿐
이다. 아마도 어제, 또 그 전날, 또 전날의 흔적일 터였다.

며칠 동안의 흔적일 수도 있고 더 오래 되었을 수도 있지만 다만 눈에 들어오지 않았던 게 분명하다.

흔적은 마치 저녁 하늘에 새별이 나타나듯, 무심코 돌아본 눈에 뛰어 들어왔다. 별에서 눈을 떼지 못하는 소녀처럼 달래는 잘 지워지지 않는 벽에 매달려 한참을 씨름했다. 벽을 문지르다 부엌바닥에도 물이 튀었고, 그래서 또 바닥을 훔쳐야 했다. 부엌 바닥을 닦는데 거실바닥에 있는 먼지가 눈에 들어왔고 걸레를 빨아가며 또 거실을 닦았다. 평소엔 낙원이 청소기를 돌리고 자루걸레로 닦던 곳이었는데 어쩌다 그렇게 되었다.

허리가 아팠다. 그만 닦아야겠다고 생각하며 허리를 펴고 일어나는데 궁금해졌다.

이 양반이 무얼 하느라 이렇게 조용한가.

걸레를 목욕탕에 던져두고 마루로 나오니 그제야 생각이 났다. 낙원은 의자를 만들고 있는 중이다. 일을 시작하는 걸 보고 부엌에 들어가 놓곤 그새 깜빡 잊어버렸다. 그러지 않고서야 달래를 그렇게 오래 혼자 두었을 리도 없다. 무얼 하든 어느새 옆에 와 있는 낙원인데 말이다.

날이 무척 더우려나 보았다. 아침나절인데도 마루로 들

이치는 햇살이 뜨겁다. 숲에서 내려오는 바람마저 없다면 후끈 달아오른 마당에 잠시도 앉아있기가 힘들 지경이다.

햇볕이 내리쬐는 마당에 낙원이 있다.

달래는 마루에 앉아 골몰해 있는 낙원을 본다.

달래가 보고 있는 걸 모르는 낙원은 톱질에 온통 정신이 빠져있다. 달래가 밭일 할 때 쓸 의자를 만든다고 했다. 의자라는 이름을 붙이기엔 좀 미안한 모양일지도 모르겠다. 목욕탕에서 앉는 의자 같은, 등받이도 없고 엉덩이만 걸칠 수 있는 나지막한 작은 스툴 같은 것이니까.

마당 귀퉁이를 차지한 손바닥만 한 밭이지만 여름엔 드나들 일이 많다. 아무래도 채소를 자주 먹게 되고 또 미리 뜯어두면 금방 시들어버리기 때문이다. 그런데 상추를 뜯거나 할 때는 허리를 구부리고 쪼그려 앉는 게 예삿일이 아니다. 잠시라도 엉덩이를 어딘가에 놓아야 편한데 흙바닥에 마구 앉는 것도 싫어서 달래는 비닐이나 판지를 들고 다니며 깔고 앉는다.

낙원이 얼마든지 할 수 있는 일이지만 그건 달래의 큰 소일거리이기도 하다. 아침나절이나 해거름에 푸성귀 밭에 들어가 푸들푸들 자란 잎을 뒤적이며 뽑아 다듬고 바구니에 담는 재미가 참 좋다. 하늘을 머리에 이고 땅에 앉아 채소를 만지고 있으면 고요한 행복이 온통 그녀를 둘러싸고 있는 기분이다.

아침을 먹은 후 마루 기둥에 기대어놓은 판지를 보던 낙원이 급한 일이 생각난 듯 일어났다. 왜 그러냐고 물었더니 그렇게 말했다. 밭일 할 때 앉을 나직한 의자를 만들 거라고. 판지 들고 다니는 걸 보면서 왜 그 생각은 못했는지 모르겠다고.

아침 먹고 바로 시작한 일이니 꽤 시간이 흘렀다. 더구나 여름 해는 떠오르는 순간부터 기승을 부렸을 테고, 톱질에 망치질을 하는 낙원이 언제부터 비지땀을 흘렸는지 모를 일이다. 가만히 있어도 더울 판인데, 오늘 따라 왜 가스레인지가 눈에 보여 가지고.

흐르는 땀으로 후줄근해진 회색 머리칼이 이마와 머리에 달라붙어 아주 볼품이 없다.

'저 양반 더위 먹겠네.'

달래는 마루에 놓인 수건을 들고 벌떡 일어나 마당으로 내려선다. 목덜미에 내리쬐는 햇볕이 뜨겁다.

'이렇게 뜨거운데 그늘을 찾아 앉든지 하지, 원.'

급하게 낙원에게 다가간 달래는 뒷목에 번들번들해진 땀을 먼저 훔치고 이마와 귀 뒤, 턱까지 꼼꼼하게 닦아준다. 낙원은 어린애처럼 얼굴을 가만히 대놓고 앉아 있다. 달아올라 울긋불긋해진 피부가 안쓰럽고 아깝다.

〈좀 쉬었다 하세요. 시원한 미숫가루 태워올게요.〉

〈그럴까?〉

낙원의 얼굴에 단박에 퍼지는 웃음.

너무 밝은 웃음이라 바보같이 느껴진다.

〈마루에 앉아 계세요.〉

말 잘 듣는 아이가 된 낙원은 손에 있던 것들을 던져놓고 어구구, 무릎을 짚으며 일어나 마루로 간다. 마루에 털썩 앉는 그의 등에 내비친 땀. 부엌으로 들어가려던 달래의 눈이 땀에 젖은 낙원의 등에 멈춘다.

달래는 지금 기묘한 느낌에 빠진다.

나는 누구일까.

저 양반은 누구일까.

낙원의 흰머리가 안타까운 나는 정말 누구일까.

그의 땀방울에, 수고에 마음이 이렇게 쓰이는,

그의 존재에, 그의 마음이 이토록 고마운 나는 누구일까.

이런 나는 달래가 아니다.

달래의 눈엔 낙원의 흰머리가 들어오지 않았다.

그의 땀방울도, 노고도 몰랐다.

낚시 가방을 메고 나가는 뒷모습에는 화가 났고 밤낚시에서 돌아오던 후줄근해진 모습 앞에선 눈길을 돌려버렸다.

술을 먹은 날은 옆에서 자지도 못하게 내쫓았다.

고향을, 아니 부모를 생각하고 눈물짓는 그가 마음에 들어오지 않았다. 솔직히 말하면 보기 싫었다. 그래서 못 본 척했다. 태연하게 다른 일을 했다. 그의 심경이 하나도 궁금하지 않았다.

계영을 데려오던 날, 밤늦도록 술을 마시며 주방에 앉아 있는 그를 끝내 모른 척했다.

그의 눈물을 모른 척했다.

시동생 생각에 목이 메는 걸 모른 척했다.

모른 척뿐만 아니라 알고 싶지도 않았다.

퇴직을 하고 집에 있는 시간이 많아진 낙원.

낚시에 취미를 붙이고 나가는 걸 왜 그렇게 몰아세웠는지.

도대체 그가 하루 종일 집에서 무얼 하길 바라고 그런

소리를 했을까. 자신은 날이 갈수록 일이 많아지고 바빠졌는데 말이다. 요가에, 에어로빅에, 그리고 온천. 하루가 멀다 하고 외출에 외식이었다.

낙원은 혼자 있던 그 많은 시간을 무얼 하며 보냈을까. 자기는 왜 낙원의 빈 시간들이 궁금하지도 않았을까.

그의 무뚝뚝함에 불만을 품은 자기 또한 못지않게 무뚝뚝했던 걸 왜 몰랐을까. 이미 세상에 없는 시부모 생각하는 만분지일만큼이라도 아내를 생각해보라고 섭섭해 했지만 자신 또한 그에게 무정한 사람이었다. 은근히 그의 부모와 가족을 무시했고 그런 마음으로 그를 대하고 계영을 대했다. 부끄러운 줄도 모르고.

그의 성실함과 고독과 회한을 왜 전혀 보지 못했는지.

늘 남편에게 불만이었던 자신은 도대체 남편에게 어떤 존재였을지 생각조차 해보지 않고 살았는지.

그 긴 세월 동안 그저 손해 보았다는, 결혼에 실패했다는, 자기가 낙원을 봐주고 있다는 턱없는 착각으로 똘똘 뭉쳐질 수 있었는지.

지금은 보이는 것이 왜 그렇게 보이지 않았는지.

고향에 갈 때마다 불편해하고, 잊지도 않고 불평을 했던 달래를 낙원은 어떻게 용서하고 살았을까.

그이는 정말 계영일까.

나는 선혜인 걸까.

꿈도 아니고 착각도 아닌 모양이다.

꿈이라기엔 너무 또렷하고 착각이라기엔 너무 길다.

아직 정리도 되지 않아 어수선하던, 낯선 방에서 잠을 자고 깬 그날 아침.

모든 게 달라졌다.

선혜와 계영.

내가 그를 계영으로 알고 흘린 눈물에 내 인생이, 마음이 다 녹아드는 것 같았다. 달콤하면서도 아프고 행복하면서도 슬프던 벅찬 기운.

그가 '선혜'라고 부르는 소리에 가슴이 무너졌다.

안고 울면서 잠깐 그런 생각을 했다.

꿈이구나. 참 생생하게도 꾸는구나.

그런데 꿈에서 깨어나지지가 않았다.

더구나 전화벨이 울리고.

전화기 속에서 흘러나오는 아들의 목소리까지 들었다.

직접 당하지 않았다면, 이런 상황이 다른 누군가의 상황이었다면, 그래서 이야기로 전해 들었다면, 어떤 기분이었을까. 이해는커녕 미친 사람쯤으로 취급해버렸을 지도 모른다. 생각만으로도 머리가 돌아버릴 일이 아닌가.

그런데 당황스럽긴 했어도 혼란에 빠져 허우적대진 않았다. 더욱 신기한 건, 낙원의 생각이, 마음이, 아픔이 더 잘 보였다는 것이다. 낙원도 그런 것 같았다. 무뚝뚝하고 감정이 담겨 있지 않은 그 눈이 아니었다.

자연스러운 전환.

그렇게밖에 말할 수 없다. 달리 표현할 길이 없다.

그날부터 둘은 누가 봐도 다정한 부부로 살고 있는,

두 젊은이의 꿈이라고.

두 젊은이가 간절하게 소원하던 꿈이라고.

늙도록 사랑하며 살기를 바랐던 바로 그 꿈.

둘만 있을 땐 선혜와 계영이로, 성수와 성민 식구들이 오면 낙원과 달래로 자동 전환되는 삶.

어렵진 않았다. 그야말로 자동 전환이니까. 단지 달라진 게 있다면 누구로 살든지 다정하다는 것. 물론 다른 사람들도 확실히 느낄 정도로. 애들도 처음엔 놀라는 것 같았지만 곧 익숙해졌다. 사람은 변하고 사람의 생각도 끊임없이 변한다. 이젠 세월이 제법 흘러 지금의 모습이 더 자연스러운 모양이었다. 자연스럽게 인정해버리자 정말 자연스럽게 살아졌다. 그가 '선혜'라고 부르는 대로 선혜로 산다는 건 참 아늑하고 행복하다.

그러나 아주 가끔, 생각을 좀 깊이 하게 되면 어지러워진다.

오늘처럼 이런 날이 바로 그런 날이다.

생각을 깊이 하면 달래에게 낙원이 보인다. 낙원도 그런 것 같았다. 어느 순간 눈빛이 달라지는 때가 있다. 정말 호호 할아버지의 눈으로 애처롭게 달래를 보는 때가 있다. 그런 시간도 그리 나쁜 건 아니다. 서로를 이해 못하던 그런 시간으로 돌아가는 건 아니니까. 선혜와 계영과는 다른, 편안하면서도 좀 쓸쓸하고 잔잔하면서도 애틋한, 바다에 다다른 폭 넓은 강이 조용히 흐르는 것 같은 시간이다. 가끔 그렇게 낙원을 보고 달래를 느끼는 것도 괜찮다. 좀 어지러워지는 것만 빼면.

얼음을 띄운 미숫가루를 들고 나간다.

마루엔 계영이 앉아 있다.

조금 전에 봤지만 또 반가운 계영이 그녀를 기다리고 있다.

〈계영씨, 시원한 미숫가루!〉

〈우와!〉

계영이 눈꼬리 가득 잔주름이 이는 웃음을 지으며 선혜를 보고, 컵을 받아든다. 선혜가 그 옆에 앉는다. 얼음이 동동 떠 있는 미숫가루 컵이 그녀의 손에도 들려 있다.

* * *

한낮의 태양이 내리쬐는 여름.

얼음을 흔들어 달그락 소리를 내며 미숫가루를 마시고 있는 부부가 있다.

뜨거운 대기가 차가운 얼음 속으로 녹아드는 시간이,

뜨거운 대기와 차가운 얼음이 컵 표면의 물방울로 변하는 시간이,

물방울이 그들의 손 안에서 다시 하늘로 올라가는 시간이,

부부에겐 느껴지지 않는다.

그들에게 시간은,

존재할 뿐 흐르는 것이 아니다.

낙원

피 한 방울 섞이지 않은 놈을 믿을 수가 없었다.

제가 아무리 계영을 아끼고 걱정한다 한들 어차피 남이다.

여훈의 전화를 받았을 때 낙원은 눈곱만큼의 죄책감도 없이 딱 잡아떼었다. 그는 계영과 전혀 관계없는 사람이라고. 성이 같으니 거슬러 올라가보면 일가일 수는 있겠지만 조선 천지 그렇게 따지면 일가친척 아닌 사람이 어디 있겠냐고. 그저 아는 사람이 딱한 처지에 있는 사람이 있다고 부탁하기에 마지못해 들어주었다고. 어차피 빈 집이라 비워두는 것보다 덜 폐가가 될 테니 허락해준 것뿐이라고.

고향집에 다녀온 뒤, 집을 새로 지어 내려가 살 작정을 하고 막 공사를 시작했을 즈음이었다. 원여훈이란 남자의 전화를 받았다. 계영을 찾고 있다고. '선혜야, 약속해'라는 다큐를 찍으며 알게 됐는데 행적을 알 수가 없다며 계영과의 관계를 물었다.

　사실 가슴이 뜨끔했다.

　정말 어디에 있는 걸까.

　어딘가에 잘 있겠지, 하는 막연한 위안이 정말 어떻게 된 것이 아닐까, 하는 불안이 되어 가슴을 훑고 지나갔다.

　여훈의 말대로라면 여훈은 정말 낙원과 계영의 관계를 모른다. 모르는 사람에게 행여나 하는 마음으로 전화를 한 것이다. 그 말은 찾아볼만한 곳은 다 찾아보았다는 이야기다. 그가 정말 계영을 진정 걱정해서 수소문하고 다녔다면.

　하지만 계영에 대한 걱정은 걱정이고 생판 모르는 사람에게 속내를 드러내고 싶은 마음은 전혀 없었다. 그래서 그날 낙원은 주저 없이 거짓말을 했다.

　'나와 전혀 상관없는 사람이오.'

여훈은 몹시 실망한 목소리로 '실례했습니다'를 끝으로 전화를 끊었다.

계영과 선혜의 짐이 고스란히 남아 있던 방.

그때만 해도 낙관적이었다.

계영이 어딘가를 여행 중이고 언젠간 돌아올 것이라고. 그리고 돌아온다면 자기의 짐이 그대로 있는 바로 여기 고향집일 거라고. 소식도 모르고, 찾아다니지도 않으면서 그런 믿음을 왜 가졌던 것일까. 그것이 막연한 희망이 만들어낸 자기 위로의 방책이었다는 건 이사를 하고 곧 알게 되었지만.

새로 집을 짓고, 방 한 칸에다 그들의 짐을 그대로 옮겨 놓을 작정이었다. 사진도 걸어두고 아무것도 버리지 않을 것이었다. 그가 돌아오면 언제든 쓸 수 있도록.

그랬는데 느닷없이 걸려온 여훈의 전화가 낙원을 몹시 불안하게 만들었다. 그 전화가 비로소 현실을 제대로 깨닫게 해 준 건지도 몰랐다. 계영이 사라진 걸 알고도 낙원은 아무런 행동도 하지 않았다. 찾아볼 생각도, 실종 신고도. 그런 행동은 상황을 기정사실로 받아들인다는 것이었는데, 낙원은 현실을 외면하고 싶었다. 그런데 여훈이 외면하고 싶었던 현실을 낙원의 코앞에 들이대고 흔들었다. 알고 싶지 않은, 인정하고 싶지 않았던 사실을 기어이 햇살아래 드러낸 놈. 여훈에게 필요 이상으로 화가 났던 건 바로 그 때문이었을 것이다.

사실 무서운 짐작은 진작에 들었다.

인정하고 싶지 않은 마음이 애써 태연하게 포장을 하고 있었던 것뿐이다. 그건 죄책감을 덮어버리고 싶었던 반작용의 다른 모습이었다. 큰아버지가 되어 조카의 생사도 모르고 있다는, 더구나 태연하게 집이나 새로 지어 들어갈 생각을 한다는, 어디로 간지도 모르는 조카가 살던 집을 마음대로 처리해버린다는 욕을 할 것이라는, 세상의 이목을 두려워했던 것이었다.

여훈의 전화를 받은 다음 날 비로소 실종 신고를 했다.

그러나 그때까지도 정말 몰랐다.

계영의 외로움뿐 아니라 자신의 외로움도.

마음에 깊이 새겨진 죄책감과 후회도.

그리고 자신의 외로움과 죄책감이 어린 계영을 얼마나 더 외롭게 만들었는지도.

무엇에 쫓기듯 집 짓는 데 골몰했고,

빨리 이사를 하고 싶어 안달했다.

왜 그랬을까.

평생 소원하던 일도 아니었고 그래야 될 일도 없었다.

안달을 하면서도 이유를 고민하는 일 따위 또한 없었다.

그 정도면 맹목이라 할 수 있지 않을까. 맹목에 목을 맨 세월이 흘렀고 더디게만 느껴지던 집이 완성되는 날이 오긴 왔다.

드디어 이사를 하고 첫 밤을 보낸 다음 날 아침.

환경보다 더욱 놀라운 변화는 다른 데 있었다.

그날.

모든 것에 연민이 생긴 낙원의 가슴이 얼마나 울었는지 모른다.

계영에게 냉랭했던 낙원의 가슴은 처참할 정도로 상처를 입고 있었다.

낙원의 눈에 계영은 바로 순원이었다.

그리고 순원은 낙원에게 몹시 아픈 존재였다. 어쩌면 부모보다 더.

비로소 바로 보게 된 진실.

어린 순원을 그렇게 두는 게 아니었다.

순원의 기다림을 외면하는 게 아니었다.

끝없는 기다림은 순원을 병들게 했다.

기다림에 지쳐 생긴 외로움이 집을 떠나게 만들었다.

기다리지 않아도 되는 곳으로. 기다림이 없는 곳으로.

순원의 방황은 충분히 예견된 것이었다.

상심한 순원은 결국 자기 자신을 버리듯 가족 모두에게 등을 돌렸다.

그렇게 동생이 험한 곳을 떠돌게 만든 원인은 낙원이었다.

너무 아파 아는 척도 할 수 없었던, 돌아보는 순간 무릎이 꺾여 다시는 일어서서 앞으로 나아갈 수 없게 만들 것 같았던 깊은 웅덩이.

뒤늦은 후회.

하지만 순원에 대한 죄책감이 커질수록 계영을 돌아보지 않았다.

그렇게 반가운 만남이었지만,

아깝고 미안했지만,

무엇이든 주고 싶었지만,

행동은 전혀 아니었다.

조카에 대한 낙원의 태도가 그랬으니 달래의 따뜻한 보살핌을 요구할 자격 같은 건 사실 먼 나라 이야기였다.

어느 날 갑자기 엄마를 잃은 아이.

하루아침에 달라진 환경.

기가 막혔던 걸까. 표정도 없이 묻는 말에만 겨우 대답하던 아이.

그런 아이를 집에 데려다놓았을 때 낙원도 몹시 화가 나 있는 사람 같았다.

아끼는 사람의 불행은 참으로 가슴 아픈 일이다. 너무 가슴이 아프면 화가 난다. 사실은 불행이란 손님에게 화가 끓어오르는 것이다. 낙원의 가슴이 그랬다. 계영의 박복에 화가 난 것이지만 그걸 알아채진 못했다. 단지 계영을 보호해야 한다는, 무언가를 해야 한다는 의욕만은 차고 넘쳤다.

달래에게 계영은 난데없는 날벼락일 터였다. 낙원은 본능적으로 그걸 느꼈다. 그러나 본능에 의존한 그의 행동이 계영을 보호해주진 못했다. 분노한 가슴은 건강한 상황 파악에 아무런 도움도 되지 않았으니까.

낙원의 화는 엉뚱한 곳을 향해 먼저 날아갔다. 사실 알고 보면 그의 화는 계영에게 미칠 화를 돌려놓기 위한 엄호 같은 것이었다. 그렇지만 몰랐다. 그의 분노가 계영의 존재를 못마땅해 할 달래의 '화'를 대신한 것이었다는 걸. 달래보다 더 많이, 한 발 앞서 화를 냄으로써 달래의 화를 막을 방패막이로 쓰고 있다는 걸 깨닫고 한 건 아니었다. 그걸 알았다면 두 사람의 불화가 그렇게 길고 지루하게 이어지진 않았을 것이다.

불행하게도 두 사람의 불화는 어린 계영에게 고스란히 전달되었다.

누구도 의도하진 않았지만, 아니 따뜻한 보호를 하고 싶었던 낙원의 의도까지도, 계영에겐 달래를 통한 '화'라는 화살이 되어 쏟아졌다.

계영이 낙원의 진짜 마음을 알았다면 좀 달라졌을까.

하지만 진짜 마음을 알 도리는 없지 않은가.

냉랭함과 무뚝뚝함에 눈이 있고 입이 있는 게 아니니까. 입이 있어 진실을 말해 줄 수도, 눈이 있어 눈빛을 맞춰줄 수 있는 것도 아니니까. 계영은 오직 차가운 침묵과 무뚝뚝한 눈빛에 주눅이 들고 그럴수록 엄마에 대한 그리움만 깊어갔다.

그리움은 채워질 수 없었고 깊은 그리움만큼 외로움도 깊어졌다.

그의 아버지 순원이 그랬던 것처럼.

그리고 아무것도 드나들지 않는 문을 닫아버렸다.

그게 마음의 샘이다.

계영의 마음은 굳게 닫혀버렸다.

사춘기가 지나고 성년이 되는 동안.

숨구멍도 없이 꼭 닫힌 마음엔 불씨도 잠들어, 자신조차 알 수 없었던 외로움만 까맣게 똬리 틀고 앉아 있었다.

평온하게 보일 정도로 단단했던 외로움.

선혜의 눈에는 대번에 보였던 그 지독한 외로움이 왜 낙원에게, 달래에게, 성수와 성민에게는 보이지 않았을까.

낙원은 모든 잘못이 자신에게 있었다는 생각이 들었다.

부모에게 잘못했던 것도 자신이고, 동생을 외면했던 것도 자신인데 달래를 원망했다. 자신도 하지 못했던 일을 달래가 하기를, 아니 자신의 마음을 알아주기를 바랐다. 아무런 표현도 반성도 하지 않으면서, 마음의 문을 굳게 닫고 앉아서 상대의 마음이 열리길 바랐다. 눈앞에 있는 조카에게 상냥한 웃음 한 번 보이지 않으면서 달래가 대신 다 하길 바랐다.

자신이 달래를 보는 눈길이 어떤지도 모르면서 달래의 오만한 표정을 질타했다. 그래도 자기보다 달래가 계영에게 훨씬 나았다. 밥도 해주고 옷도 빨아 입혔다. 자신이 신앙처럼 떠들던 '피 한 방울' 안 섞인 계영에게.

무엇 때문에 피를 그렇게 외쳐댔을까.

그 말을 들을 때마다 달래의 마음이 어땠을까.

달래와 낙원이야말로 피 한 방울 섞이지 않았다. 무슨 권한으로 그녀에게 그런 요구를 했을까. 계영을 위한답시고 한 그 말이 그녀에게 어떻게 들렸을까.

'피 한 방울 섞이지 않았다고 성수, 성민이랑 차별하지 말고.'

계영을 데려온 날 기껏 달래에게 한 말이 그것이었다.

미안하지만 잘 부탁한다, 고 해도 미안할 일이었는데.

선혜를 안고, 아니 달래를 안고 우는데 온갖 회한이 한꺼번에 몰아닥쳤다. 그게 계영의 마음이었는지 낙원의 마음이었는지 모르겠다.

　누구의 것이었는지는 모르겠지만,

　미안하고,

　따뜻하고,

　행복하고,

　벅찼다.

＊ ＊ ＊

　피 한 방울 섞이지 않은 여훈의 전화를 20년 만에 다시 받았을 때.

　그 반가움을 어떻게 표현해야 좋을까.

　옛날의 낙원은 어디로 간 것일까.

　낯모르는 자에 대한 그 분노는 다 어디로 갔을까.

　너무 달라진 마음.

　여훈은 모르고 있을 낙원의 마음의 변화.

　여훈의 전화를 반기던 사람은 계영이었을까.

　모르겠다.

　하지만 이건 확실하다.

여훈이 계영을 얼마나 걱정했는지.

얼마나 오랫동안 찾아다녔는지.

그리고 아직도 잊지 않고 있다는 것.

그 사실은 낙원도 알고 있다.

그날의 반가움이 낙원의 것이었는지, 계영의 것이었는지는 잘 모르겠다.

그렇지만 취재 허락을 받고 여훈이 다시 이곳을 찾던 날.

마당을 들어서던 여훈을 보는 순간,

활짝 갠 날처럼 반가워하던 계영이,

반가움을 겨우 누르며 낙원으로 돌아가던,

그 순간은, 알고 있다.

그리고 지금 막,

다시 숲을 찾아 왔던,

여훈이 산을 내려갔다.

그날

이런 일을 누구에게 말할 수 있을까.

엄마도 모르는 일.

그랬다. 이 일은 엄마에게도 알릴 수 없었다. 그러니 세상 누구에게 말할 수 있었겠는가.

일흔 노파의 모습으로 차마 엄마 앞에 나설 수는 없었다. 그때 엄마는 겨우 쉰이었다. 힘겹게 행복을 찾아 안정이 되어 가는 중이었다. 차라리 그대로 죽은 딸로 끝나는 게 낫다고 생각했다. 세월이 가면 어떻게든 아픔은 조금씩 아물 터였다.

그런데 자신보다 더 나이가 많은 딸이라니. 그것도 생면부지의 노파. 딸이 살아왔다는 기쁨을 느낄 수나 있을까. 끔찍한 놀라움에 기쁨조차 느끼지 못할 지도 모른다. 아니 결코 믿지 않을 것이다. 세상에 그걸 믿을 사람이 있기나 할까. 그러니 어차피 흙에 묻힌 딸. 아픈 기억조차 차츰 묻혀버리길 바라는 게 나을 것이다. 다시 파헤쳐서 같은 아픔을 또 겪게 할 수는 없었다. 자연스럽게만 세월이 흘러간다면 자신은 또 엄마보다 먼저 세상을 떠날 터였다. 일흔의 몸을 받아 다시 세상으로 돌아왔으니까. 26세로 죽은 몸이 어느 순간 일흔이 넘은 몸으로 환생해 버렸다. 이것도 환생이라고 할 수 있는지 모르겠지만.

나는 계영을 남겨 두고 떠났다.

죽는 순간까지 머릿속엔 계영이 있었다. 이 말엔 조금의 거짓도 없다. 나는 죽음의 공포도 느끼지 못할 정도로 계영을 걱정했다. 혼자 남을 그에게 미안했다.

아니 통증으로 괴로울 땐 계영을 잊었다. 고통 속에 빠져 허우적거릴 땐 아무 생각도 할 수 없었다. 수영을 못하는 사람이 물에 빠졌을 때의 공포라고 하면 이해가 될까. 물속에 몸이 풍덩 잠기고 입과 코로 물이 들어오는데 무슨 생각이라는 걸 할 수가 있을까. 아마 자식 가진 부모라도 자식 걱정만 하고 있지는 못할 것이다. 아니 수천 가지 생각들이 지나가는지도 모르겠다. 너무 빨리 지나가서 보이지 않는다고 해야 맞을 지도.

하여튼.

그러다 통증이 지나가면 계영이 보였고,

미안하고,

안타까웠다.

그리고 죽는 순간은 정말 나를 조금도 생각하지 않았다.

그 짧은 순간,

하늘이 활짝 개인 것처럼 통증이 사라졌다. 아니 몸을 벗은 느낌이라고 해야겠다. 나는 육체를 느끼지 못할 정도로 가볍게 떠 있는 기분이었다. 그리고 육체만큼 맑은 의식과 함께 눈에 사물이 들어왔다. 혼수상태에서 의식이 돌아온 것이었다. 명료한 의식 속에 계영의 얼굴이 들어왔고, 그 눈빛을 보았고, 내가 곧 떠나리라는 걸 알았고, 미치도록 슬펐다. 나의 죽음이 아니라 그의 슬픔이 통째로 들어와 내 의식 속을 채웠다. 꼭 다시 만나자는 말을 하고 싶었지만 혀가 움직이지 않았다. 나는 너무 슬퍼 폭발할 것 같았고 드디어 폭발하나 싶은 순간 시야가 닫혀버렸다.

계영을 보고 있던 눈이 갑자기 닫혔다. 아니 눈을 감았는지 뜨고 있었는지 알지 못한다. 온 몸에 갑자기 검은 장막이 덮인 것처럼 암흑 속에 빠졌다. 그 순간을 눈을 감은 것으로 느꼈던 것뿐이다. 귀에는 아직 무슨 소리가 들리곤 있었지만 무슨 소리였는지 모르겠다. 아니면 그냥 착각이 었는지도.

그렇게 나는 죽었다.

죽어서도 슬펐다.

슬프고 슬퍼서 영혼조차 무거웠다. 영혼은 가볍다는데 그렇지도 않았다. 물먹은 솜처럼 축축하고 무거워진 채로 어딘지 모르는 곳을 떠다녔다.

시간 감각도 없이 방향도 없이.

얼마나 그렇게 흘러 다녔을까.

갑자기 요동이 멈추었다.

요동이 멈추자 모든 것이 정적 속에 빠졌다.

무슨 일일까.

나는 생각을 하기 시작한다.

시간을 헤아려보려 애쓴다.

어디로 가는 중일까.

여기는 어디일까.

살펴봐야지.

눈을 뜬다.

어,

정말 눈이 떠졌다.

살아있는 사람의 눈이 활짝 열린 것이다.

방.

방이다.

가구가 있고 이부자리가 있다.

그 이부자리에서 눈을 떴다.

마치 살았을 때처럼. 아침에 눈을 뜨는 것처럼.

어떻게 된 일일까. 드디어 저승 세계에 도착한 것일까.

그런데 저승은 어쩜 이다지도 이승과 같을까. 몸도 그대로 가지고 온 걸까.

이불에 덮여있던 손을 꺼내 얼굴을 문지른다. 내 얼굴이 아니다! 더 크고 살도 찐 듯하다. 감촉도 낯설다. 손바닥에 닿는 이목구비도 낯설고 피부도 낯설다. 손을 본다. 쿵! 너무 놀라 가슴이 내려앉는다. 내 손이 아니다. 크고 주름진 손. 나는 죽은 것이 아니었던가. 죽었다는 착각을 한 것인가. 나는 살아있었고 이렇게 나이가 먹도록 살아왔던 것인가. 그럴 수는 없다. 이렇게 늙었는데, 늙도록 살았는데 그

동안 기억이 하나도 없다니. 그럼 꿈인가. 아직도 잠결인가. 그렇다면 계영은?

　고개를 돌린다. 옆에 사람이 있다.

　계영이 아니다!

　벌떡 일어난다. 그 서슬에 옆 자리에 있던 사람이 눈을 뜬다. 처음 보는 남자, 아니 할아버지다. 선혜를 본 할아버지는 선혜보다 더 놀란 것 같다. 눈만 크게 뜨고 일어나 앉지도 못한다.

　서로를 뚫어지게 보는 두 사람. 두 사람이 쏘아내는 눈빛이 서로를 쓰러뜨릴 것만 같다. 눈은 여전히 선혜를 향한 채 천천히 일어나 앉는 할아버지. 정확히 두 사람의 중앙에서 맞부딪친 안광이 폭포수처럼 부서진다.

　〈누구세요?〉

　선혜의 입에서 터져 나온 말. 그러나 그녀는 자신의 목소리에 또 놀란다. 낯설어도 너무 낯설다. 도대체 나는 누구며 어떤 모습이란 말인가.

　〈나는…….〉

　할아버지도 말을 하다 멈춘다. 자신의 소리에 놀란 모양이다. 놀란 얼굴로 손을 들어 눈앞으로 가져간다. 손을 들여다보는 얼굴에 당황한 기색이 뚜렷하다. 떨리는 손을 얼굴로 가져간다. 조심스럽게 얼굴을 만지는 손. 볼에 닿은 손이 내려가지도 올라가지도 못한 채 멈춘다. 손을 그대로 둔 채 선혜를 본다. 다시 마주 보는 두 사람. 서로의 눈 속에 상대를 삼킬 듯 눈도 깜박이지 않는다.

〈나는 여계영입니다.〉

〈나는 민선혜⋯⋯.〉

말을 채 못 마친 선혜의 눈에서 눈물이 떨어진다.

계영의 손이 천천히 선혜의 어깨로 올라간다. 그리고 팔을 쓰다듬듯 타고 내려와 손을 잡는다.

* * *

설명할 수도 이해할 수도 없다.

설명을 구할 수도 이해받을 수도 없다.

선혜와 나는 그런 삶 속에 있다.

하늘 아래 오직 그녀와 나만 알고 있는 비밀.

비밀?

비밀이라는 말이 맞는지 모르겠다. 이건 선혜와 내가 만

들어서 감춘 일이 아니다. 우린 모른다. 우리도 이 기막힌
일이 어떻게 태어났는지 알지 못한다. 그냥 어느 날, 그러니
까 그날. 나는 낯선 가구와 물건으로 둘러싸인 낯선 방에
서 눈을 떴고 선혜도 그 옆에서 눈을 떴을 뿐이다. 더구나
다른 사람의 몸으로, 몇 십 년을 훌쩍 뛰어넘은 나이로.

　눈을 뜨는 순간,

　바다가 떠올랐다. 파도소리도 들리는 것 같았다. 하지
만 그것은 곧 사라졌다. 소리가 사라진 고요 속에 나타난
사람.

　누구냐?

　소리는 밖으로 나오지 않았다. 너무 놀라 목소리는 목
구멍에서 컥, 막혔다. 시야 속에 할머니가 있었다. 아니 큰
어머니가 있었다. 큰어머니도 돌아가셨구나. 언제 돌아가셨
을까. 저승에 가면 다 만난다더니 정말이구나. 그런데 엄마
는, 엄마는 왜 보이지 않는 걸까. 계영은 천천히 일어나 앉
는다. 그런데 큰어머니 얼굴이 참 이상하다. 분명 큰어머니
얼굴인데 왜 다른 사람 같기만 할까. 그리고 왜 저리 놀란
얼굴일까. 날 몰라보는 걸까.

〈누구세요?〉

저승의 정적을 깨는 소리. 아니 계영의 의식을 흔드는 소리다. 계영은 자기가 살아있음을 깨닫는다. 꿈도 아니고 저승도 아니다. 그리고 뭐가 어떻게 된 건지 모르겠지만 저 할머니는 큰어머니가 아니다. 그런 느낌이 소나기처럼 몸을 적신다.

〈나는…….〉

이름을 말하려다 멈칫 한다. 자기 목소리가 아니다. 손을 들어본다. 손도 아니다. 얼굴을 만져본다. 얼굴도 아니다. 도대체 나는 누구인가. 누구의 모습을 하고 있는가. 그리고 나를 보고 있는 저 할머니는 누구인가. 그런 생각을 하고 있는 계영의 가슴이 마구 뛴다. 무슨 생각으로, 아니 어떤 희망으로 그렇게 뛰고 있는 걸까. 말도 안 되는 희망이다. 있을 수 없는 일이다, 미친 착각이다, 란 생각도 들지 않을 만큼 그의 가슴은 맹목적으로 뛰고 있다.

〈나는 여계영입니다.〉

주문을 외듯 그의 입에서 나온 말, 여자의 눈에 눈물이 고인다.

〈나는 민선혜…….〉

계영은 그 소리를 온몸으로 듣는다. 피부를 뚫고 들어오는 '선혜'라는 이름. 선혜의 모습도, 목소리도 아닌데 여자가 온통 선혜로 다가온다. 그렇게 미친 듯 뛰던 심장이 갑자기 멈춘다. 아니 멈춘 것 같다. 몹시 어지럽다. 앞으로 고꾸라질 것 같다. 앞이 캄캄해지며 방이 크게 흔들린다. 손으로 바닥을 짚는다. 그 상태로 시간을 좀 보낸다. 꿈은 아니겠지. 눈앞이 다시 밝아진다. 그녀의 눈물. 선혜의 눈물. 계영은 바닥을 짚었던 손을 천천히 들어 그녀의 어깨에 얹고 쓰다듬듯 내려와 손을 잡는다.

'선혜구나.'

말이 되어 나오진 못했지만 쏟아져 나오는 눈물이 그렇게 외친다.

두 사람은 나란히 거울 앞에 선다.

해는 이미 뜬 것 같지만 커튼이 쳐진 방 안은 그리 밝지 않다.

희미한 빛이 떠도는 방 안.

거울 속에는 노부부가 물끄러미 선혜와 계영을 바라보고 있다.

그림이 되어버린 숲

여훈이 산을 내려갔다.

세상에서 그들을 아는 유일한 사람.

그들의 사랑을 가장 가까이에서 지켜보았던 사람.

그리고 다시 태어난 사랑을 볼 수 있었던 사람.

그 사랑을 마음에 간직한 채,

가슴에만 묻어둘 비밀스런 그림 하나를 품고,

지금 막,

산을 내려갔다.

〈또 봅시다〉

벤치에 앉은 두 사람이 여훈이 사라진 숲에다 그들의 마음을 전한다.
그 말을 들은 숲이 스스스 바람소리로 답한다.

그림 같은 짙은 숲 속에,
그림 같은 그들이 앉아 있다.
그들이 그림이 되어 가고 있다.

언젠가 숲과 같은 그림이 될 그들이,
숲과 하나 된 그림으로 앉아 있다.